Otto Julius Bierbaum

Erlebte Gedichte

Otto Julius Bierbaum

Erlebte Gedichte

ISBN/EAN: 9783743656451

Hergestellt in Europa, USA, Kanada, Australien, Japan

Cover: Foto ©Andreas Hilbeck / pixelio.de

Weitere Bücher finden Sie auf **www.hansebooks.com**

Meinem Freunde

Detlev Freiherrn von Liliencron

zu eigen.

Widmungsbrief.

Lieber Detlev,

So komme ich denn nun also wirklich angerückt mit meinem lyrischen Feuerwerkskasten und brenne meine sämmtlichen Schwärmer, Raketen und Frösche öffentlich Dir zu Ehren ab. Das pufft nun so dahin, und kein Mensch wird merken, wieviel Liebe zu Dir darin steckt. Gut, so gehe ich her und halte Dir noch eine besondere Liebeserklärung mit dem schönsten Begeisterungsfeuer und wunderbaren Knalleffekten.

Gottvoll, wenn ich mir denke, wie Du jetzt erschrocken bist und innerlich stammelst: . . . „Nein doch, dieser . . .!" Aber sei ruhig, ich lass' es bleiben. Die Menschen haben merkwürdig wenig Sinn für Freundschaft Anderer, es scheint mir fast, sie ärgern sich darüber, und wahrhaftig: Niemand soll sich so sehr davor hüten, seine Mitmenschen zu ärgern, als so ein armes lyrisches Wesen, das seinen ersten Band Gedichte vor die Brillengläser der Oeffentlichkeit bringt.

Da kommt mir ein Brief in den Sinn, den ich Dir im vorigen Herbst schrieb und den ich hierher setzen

möchte, diesen erlebten Gedichten voran, denn er war
mein bestes Gedicht und hatte das Glück, Dir besonders
zu gefallen.

Ach, dieser wundervolle Abend, da ich ihn schrieb,
„hinter Wipfelgrün am See, in dem Dorf des heiligen
Heinrich", an einem wackeligen Schreibtisch in der
‚Fischerros'l". Mordslang war der Brief und ganz
rasend in Seligkeit und Verzweiflung. Weisst Du
noch? Ich schrieb Dir da von einem heiteren Doppel-
bettgespann zweier verliebter Paare, mit denen ich eben
unten in der Bauernwirthsstube gesessen, und wie besonders die Eine, die Blonde, ein ganz verteufelter
Racker, es mir angethan habe mit grossen, grossen,
ach so feucht schauenden, ach so sehnenden, ach so
verheissenden und ach so schattengrün umrandeten
Augen. Diese grossen tiefdunkelblauen Räthsel voll
schreckenumwobener Süsse des lebewütigen, sterbesüch-
tigen Genusses, diese beiden weit aufgethanen Licht-
pforten der Sehnsucht: da sah ich den Frühling noch
einmal wieder, der eben gestorben war, und es fasste mich
ein innerlichster Schauer, ein so seliges Erschrecken, das
sich mir in Leib und Seele wollüstig einwühlte mit
sammtener Fülle; — und draussen nun daneben der
Herbstabend mit seinen schwarzen, schwingenfeuchten
Winden, der mir die dürrren Blätter auf den Tisch
warf; diese wild jauchzenden Stürmstösse, unter denen
der Wald in glühender, bebender Hingabe stöhnte.
Wie ein Dithyrambus quoll es aus mir, und ich sang
mit dem Winde, und mein bestes Gedicht ward
ein Brief an Dich.

Der Nachtwind und die blonde Puppe waren die Hauptpersonen darin. Der Nachtwind holte sie mir mit seinen schwarzen Fledermausfängen aus der lustigen Villa am See, „die kranke Schönheit am gesunden Leben", und ich küsste ihre weichen Zupfefingerchen und freute mich, wie der Mondschein silbern über ihr blasses Antlitz rieselte. „Nichts Schöneres als ein lieb warm Mädel im Arm und dem Sturm zu lauschen. Das strömt Schwung in die Seele, hoch hebend hinauf und tief wühlend hinein, anblasend den heissen Herd heilig wilder Leidenschaft . . ."

So jagte michs in Phantasien und ich raste um die Wette mit der sturmstolzen Herbstnacht, bis meine arme Seele lahmte und miserabel in den Zeilenfurchen kroch, die meine kreischende Feder pflügte, und das Ende war der grosse Katzenjammer der Décadence, der unter Schmerzenszuckungen sich bäumt und ruft: verachtet mich, wie ich mich selbst verachte!

Du, mein Lieber, verstehst, warum ich diesen Brief vor diese Gedichte setzen wollte, Philisteria freilich wird es nicht verstehen und wird sich kopfschüttelnd den Bauch klopfen und mit Wohlgefallen rufen: Jawohl, verachtet ihn!

Aber was geht uns die Allerweltstadt Philisteria an mit ihren Bauchklopfern?

Das ist es ja vorzüglich, warum ich Dir dies arme Buch widme: weil Du mich frei gemacht hast von der Philisterfurcht.

Deine Gedichte hatten mir gezeigt, dass es noch eine deutsche Lyrik giebt, werth des grossen Namens: freie Kunst; dein reiches, quellhelles, nicht freilich jedem schnell quellendes Wesen hat mir gezeigt, dass es nicht blos freie Köpfe, sondern auch noch freie Herzen giebt. So gabst Du mir Ruck und Stand in-mitten dem quabbeligen Brei des „erbärmlichen Be-hagens", und nicht mehr hiess es mir „Philister über dir!" Oh nein, ganz unten jetzt, Herr Gott: in welchem Sumpfschlammgrund . . .

Dafür Dir zum Danke dies Buch!

In Treue Dein!

Julius.

Am Ammersee, im Herbste 1891.

Frühling.

Lachender Himmel. Es ziehen gemächlich schaumige Schäfchenwolken darüber, Sonnenscheinschimmer durchfluthet die Luft. Maiengrün, die reine, feine Jungfernfarbe der Natur, lächelt bräutlich hold und heiter von Millionen leise schwankenden, zierlich auf- und niederschwebenden zarten Blättern.

Frühling!

Welch ein Glanz ruht auf der Wiese. O, du lockendes, leises Klingen über der ruhig blühenden Schönheit! Hoffnung weht mir in die Seele friedevoll bewegt. Weich umhaucht mich Wärme der Liebe, wie der Athem des bebenden Mädchens, das den schlummernden Freund an die wogende, heisse sehnsuchtsvolle Brust, leise sich überbiegend, presst. O, Fülle! Fülle! Drängende, treibende Fülle des Glücks! Eben, eben noch klang die Klage, klang die Klage um Heissbegehrtes, Schönheitstrahlendes, Grosses, klang die Klage um das Geheimste, Herzerfüllende, Heiter-Heilige mir im Herzen. Nun, im grünen Blätterschwanken, nun, im blauen Himmelslächeln, nun, im goldigen Sonnenstrahlen ist mir schnell das Glück geworden, Glück im Schönen und im Schauen werdender Schönheit. In mein Auge strahlte das Glück, mir im Herzen hebt es die Flügel, ach, du lachendes, lustiges Ding, lustiges, lustiges Ding! Meine Arme breite ich aus: Glück! Glück! O könnt ich es allen, allen Menschen schenken, allen Menschen im drückenden Joch, allen Menschen mit krampfendem Herzen, allen denen, die im Hochflug ihre Flügel zur goldenen Sonne breiten möchten und im Schmutz harter Noth sich mühen müssen, — aber denen, denen zuerst, deren Herzen liebemächtig selbst in Kümmerniss gütevoll, milde, still in treuer Neigung schlagen: dir zuerst d'rum, o du mein braunes, scheues Rehaug'. O du Gute, Gute, Milde! Ob auch im Herzen das Glück mir lacht, lacht und tanzt, das lustige Ding: dein muss ich denken, traurig, dein und deines gütigen wehevollen Blickes.

———

Fund.

Was das doch war? In einem alten
Notizbuch windig hingekritzelt fand ich
Dies schnurrige Versvolk:
„Im gelben Schlafrock mit rothen Quasten
Kommt mir entgegen die Kleine mit Würde.
Und sie klappert mit blauen Pantöffelchen,
Die mit Silber und Golde gestickt sind.
Aber trotz dieser höchst kostspieligen
Ausstattung und trotz meines schäbigen
Exterieurs fällt mir um den Hals gleich
Diese seidene Schönheitskönigin" . . .
Die Verse sind so verzweifelt schlecht,
Dass es mir scheint: das Ding ist echt. .
Was es nur war . . . ?

Alter Glückszettel.

Zwischen Hetzen und Hasten,
In Lärmen und Lasten,
Von Zeit zu Zeit
Mag gerne ich rasten
In Nachdenklickeit.
Fliege, mein Denken, zurück, zurück,
Suche, suche: in heimlichen Ecken
Dämmerbrauner Vergangenheit
Mag wohl von verklungenem Glück
Blinkend ein Blättchen stecken . . .
Und ich suche in meinem Andenkenkasten.
Zwischen Bändern und Briefen,
Die lange schliefen,
Aus trockenen Blumen und blassen Schleifen
Will ich mir was Liebes greifen.
Da fand einen Zettel ich, bleistiftbeschrieben,
Der hat mir die Wärme ins Herz getrieben.
Was stand denn da?
Von meiner Hand:
    „I mag Di gern leid'n. Du: Magst Du mi aa?',
In schmächtigen Zügen darunter stand:
    „Ja."

In Lärm und Last,
In zager Zeit
War mir ein Gast
Aus Glückseligkeit
Dies kleine „Ja" der Vergangenheit.

Die Purpurschnecke.

Wie eine Schnecke, träge, langsam, schleicht
das „Glück" . . .

Mit wartendem, klopfendem Herzen steht
.der Mensch und breitet in Qual und Angst
die Arme aus und schreit zum Himmel: „Oh
komm, komm endlich, löse mich, löse mich
aus Fesseln und Banden, — ein Glückes-
lächeln, ein einziges nur, es würde mein Herz
erwärmen mit lachendem Leuchten, wie Maien-
sonne nach Winters Frost die starre Erde!" . . . .

Er wartet und fleht lange, lange, und müht
sich ab im Geschirr des Lebens, und keucht
und keucht, gebunden, gepeitscht, — — möchte
vorwärts: hinauf! hinauf! wo es strahlt und
lächelt das Schöne, Ruhige, Klare, immer
Ersehnte . . .

Aber das Glück, kein stürmischer Engel,
ach, kein gütig gewährendes Weib, aber das
Glück, die purpurne Schnecke, rückt nur
mühsam, in langen Fristen, wenige Schritte
vor . . . . und ihre träge gedrehten Fühler
tasten kalt an eine starre, augenleere Leiche
im Grabe.

Verfluchte Schnecke, o faules Glück! Indess du deinen schleimigen Weg lautlos vorwärts schlichest: da stob, brauste, wütete, raste mit Heulen, gewaltig schnelle, mit Sturmes Mächten von allen Seiten die Schaar der Furien los auf den Armen. Die dürren Weiber! Die dürren Weiber! Hexengestöber, grimmig jauchzendes . .

Mit ihren Geisseln schlugen sie ihn, mit ihren Schlangen schreckten sie ihn, mit ihren modrigen Blicken trieben sie ihn durch bange Verzweiflung und Wahnsinnsnacht in den Tod.

Ein gehetztes, verendetes Wild — im Grab stumm liegt er nun: im Nichts, im friedevollen, unbelebten Nichts ward ihm das Glück. . . . .

Die dunkelrothe Purpurschnecke kriecht über sein Grab, lautlos . . .

Frei-weg!

Ein Kettenschleppen,
Ein müdes Keuchen
Mit schleifenden Füssen,
Den Nacken gekrümmt:
Das ist das Leben
Der Herdenmenschen.
Gottesfurcht, Menschenfurcht,
Sorgen, Aengste,
Dumpfe Beklemmungen
Vor den plumpen
Erdengewalten,
Kalte, niederdrückende Scheu:
In zahllosen Schreckensbildern
Hält es in lastendem Banne das Herdenvieh.
Aber der freie Mensch,
Leuchtenden Blickes
Schreitet er aus mit fröhlichen Schritten,
Offenen Armen,
Ueber die Stricke der falschen Sitte,

Ueber die Stachelgehecke der Furcht,
Ueber die Pfützen gemeiner Zufriedenheit,
D'rin sich säuisch überglücklich,
Angewärmt von eigenem Unflath,
Brave Philister sühlen.
Einsam schreitet er,
Froh allein,
Mit freiem, kräftigem Athemzug,
Sicher im Ziel, von der Gluthenleuchte
Klar geführt, die im Herzen ihm brennt.
Vorwärts, vorwärts,
Mitten durch stickige Dunkelheit
Heller Wahrheit entgegen.

Jeanette.*)

I.

Was ist mein Schatz? — Eine Plättmamsell.
Wo wohnt sie? — Unten am Gries,
Wo die Isar rauscht, wo die Brücke steht,
Wo die Wiese von flatternden Hemden weht:
Da liegt mein Paradies.

Im allerkleinsten Hause drin,
Mit den Fensterläden grün,
Da steht mein Schatz am Bügelbret,
Hoiho, wie sie hurtig den Bügelstahl dreht,
Gott, wie die Backen glüh'n!

Im weissen Röckchen steht sie da,
Ihre Bluse ist blumig bunt;
Kein Mieder schnürt, was d'runter sich regt,
Sich wellenwohlig weich bewegt,
Der Brüste knospendes Rund.

----

*) Aus den „Studentenbeichten."

Vorüber geh ich allmorgens früh,
Schau tief ihr ins Auge hinein,
Da liegt meine Lust, meine Liebe, mein Glück,
Die lachende Kunde: Komm Abends zurück, —
Das Waschermadl ist dein!

II.

Im alten Ton.

Der Frühling kam, die Knospen sprangen,
Da bin ich auf die Wiese,
Ja Wiese,
Alleine hinausgegangen.
Ich ging allein
Und kam zu Zwei'n:
Mit einem holden Kinde;
Das hab ich geküsst auf den rothen Mund
Wohl unter der grünenden Linde,
Dem hab ich den Blick in die Augen gesenkt,
Das hat mir seine Liebe geschenkt
Und hat mir gelacht
Zum Lohn bei der Nacht,
Zur Seite geschmiegt mir im Bette:
Ein Waschermadl ist mein Schatz,
Mein brauner, mein wilder, mein lustiger Schatz,
Und heisst Jeanette!

III.

In enger Kammer.

Ein Bett, ein Stuhl, ein Tisch, ein Schrank,
Und mittendrin ein Mädel schlank,
Meine lustige, liebe Jeanette.
Braune Augen hat sie, wunderbar,
In wilden Ringeln hellbraunes Haar,
Kirschrother Lippen ein schwellend Paar, —
　　Jeanette! Jeanette!

Am Fensterbret ein Epheu steht,
Durchs grüne Geranke die Liebe späht,
Meine lustige, liebe Jeanette.
Thüre auf: da liegt mir am Hals das Kind.
Alleine wir beiden, es singt der Wind
Das Lied von Zweien, die selig sind, —
　　Jeanette! Jeanette!

Segenschwerer Traum.

Mein Acker wogt, mein Weizen blüht . . .
Die Sonne scheint mir ins Gemüth . . .
In Ballen flieht der Sorgen Qualm . . .
Gedichte spriessen Halm an Halm . . .
Es wellt der Hoffnung Wiesengrün . . .
Der Liebe Sphinxenaugen glühn . . .
Ein schmerzlich Glück, duftwolkenschwer,
Drängt dunkelsammtenblau sich her
Und droht mir schwülend ins Gemüth . . .
Mein Acker wogt, mein Weizen blüht . . .

Gottesdienst.

(Meinem lieben Hanns von Gumppenberg zur Erinnerung
an Dachau im Mai 1891.)

Auf steiler Höhe stand ich schauend.

Mein Auge trank in tiefen, grossen Zügen
die Schönheit. Weit in graue, webende Fernen
schweifte der Blick auf fröhlichen Fittichen,
holte die schimmernde Schönheit mir, bettete
tief sie ins Herz mir ein.

Rothes Moor in schmalen Strichen, lila-
farbener Sammt lockerer Frühlingsacker weich
dazwischen gebreitet; junges, lachendes Wiesengrün wellig hineingeschlungen: Freudebanner
der jubelnden Hoffnung in des Keimdrangs
bräutlich leuchtender, lustiger Farbe. Flüssig
glitzerbewegtes Silber hurtig eilenden Wassers
blinkt in weiten Windungen bogengeschlungen:
Wie ich dich liebe mit jauchzender Seele, oh
du frische, rauschende, fröhliche, tummelnde
Freiheit! Grünbehauchte Weiherspiegel sinnen

tiefen, stillen Traum mitten in der übermütigen
Farbenheiterkeit. Dunkle, trotzige Wälder-
massen, braun, breit, brüten mächtigen Ernst
und das dunkle Geheimniss wipfelumrauschter
Einsamkeit. Zwischenhinein hellrote Dächer,
bläulich wirbelnder Rauch daraus, blitzende
Fenster von Menschenhäusern leuchten wie
lachende Augen.

Aber weit, weit drüber hinweg, weit, in
duftiger blauender Ferne, weit, oh weit über
dem Kleingespiel, starr, gewaltig, mit rissigen
Schroffen, in Schnee und Eis krystallen gehüllt, ragen die Alpen.

Stille, Stille über dem Riesenrund. Ueber
mir hoch in den Lüften nur schreit ein Falke,
langsam kreisend durch das tiefe Lüfteblau.

Stille, Stille . . . . die schweigende Schönheit athmet leise, voll. Da hebt aus der Tiefe
der kleinen Stadt empor sich ein Singen, hell
und schlicht:

„Der Mai ist gekommen" . . . .
von Kinderlippen.

In enger Stube sitzen die Kleinen. Ich
sehe im Geiste die frischen rothen Mäulerchen
sich gleichmässig öffnen, sehe den Lehrer die

Fiedel streichen, sehe die lustig mitsingenden Augen, — Kindheit, Kindheit, fröhliche, frische, singende Unschuld!

In die Ferne noch einen Blick, noch einen Blick über die Schönheit hin, über das Farbenwechselspiel lebender, athmender, wunderreicher Schönheit.

Und ich folge dem Kindergesang, der durch das schönheitstrunkene Herz mir wie ein Frühlingsdranghauch weht. Hinunter steig ich durch Gassengewinkel, immer den langausklingenden Tönen lauschend nach, gefangen, gezogen . . . . Da verscheidet der Sang. Vor einem grossen, grauen Hause steh ich still. Durch offene Thore weht von Weihrauch kühl mildharziger Duft. In die Kirche tret' ich . . .

Da starb meiner Schönheit Bild.

Hässliches, freches Bunt an den Wänden, grausam thörichter Spott mit den Leiden eines gewaltigen, liebedurchloderten, göttlichen Menschen. Kniende Weiber, mit dumpfen, blöden, ängstlichen Zügen, murmeln Gebete. Klappernd gleitet. durch die harten, gekrümmten Finger die abgegriffene Perlenschnur des

knöchernen Rosenkranzes. Ein dickes Priester-
gesicht aus Speckstein neigt sich und nickt
und wackelt und wendet sich vorn am Altare.

Eine tiefe, schneidende Bitterniss grub
ätzend sich in mein Herz. Was der Natur
hold heilige Schönheit mir geschenkt, verdarb
vor dem armen Menschenkram, vor dem
Menschenbettelvolk, das sich vor fremdem
Leid in den Staub winselnd wirft, statt freudig
hinauf, jauchzend, freudig mit vollem Herz-
schlag, hoch hinauf sich zu heben zu seliger,
lebender Schönheit.

Ernte.

Sonnengiessen durch den Tag,
Wellenhoch, in fröhlichem Schlag
Geht mein Herz, es schaukelt leise
Eine Wiener Walzerweise.
Sensenschwung und Sichelschnitt,
Grün und gelb fällt Gras und Aehre,
Meine Freude erntet mit:
Segenschwere! Segenschwere!

Unter einem Lindenbaum,
Auf des weissen Kirchleins Hügel,
Ruht ich aus; da hub mein Traum
Surrend die Libellenflügel:

Steht ein Feld im Korne schwer,
Schwankt in goldnem Ueberschwange,
Früchtefroh und reifebange,
Trocken rauschend hin und her.
An des Segens goldnem Rand,
Wo des Himmels Blau sich breitet,
Eine Sense in der Hand,
Eine Bauerndirne schreitet.
Weit aus, wuchtig ist ihr Schritt,
Ueberhäupten ihr der Stahl
Lacht in huschig hellem Glitzen;
Schnell im Schwung mit einem Mal
Seh' ich's durch die Bläue blitzen,
Und die Magd beginnt den Schnitt.
Bogenhalb dreht sich ihr Leib,
Bogenweit greift aus das Eisen,

2

Näher, näher kommt das Weib
Hinter breitem Messerkreisen.
Langsam rührt mit steter Kraft
Sie der schweren Sense Schaft.
Brach schon dehnt sich Stoppelleere.
Wo rauschgolden sich die Aehre
In des Windes Wehn gewiegt,
Sterbestarr das Leben liegt.
Näher, näher kommt sie her,
Auf die Seele fällt mirs schwer.
Augen zu. Ich höre den Schnitt,
Und ein Klagen hör' ich mit
Von Millionen Serbequalen.
Stille dann. Scheu schau ich hin:
Ruhend steht die Schnitterin
Unter Abendsonnenstrahlen.
Von des vollen Goldes Roth
Einen Augenschein umloht,
Dann im letzten, hellen Licht,
Umrissschwarz . . . Bist Du der Tod!?
Klar blickt sie mir ins Gesicht,
Gütig, gross und mütterlich,
Wendet in die Helle sich,
Geht. — Sie überwächst den Schein,
Dunkel bricht von ihr herein.

_ _ _ _ _ _ _

Wo rauschgolden sich die Aehre
In des Windes Wehn gewiegt,
Sterbestarr das Leben liegt.
Allhin dehnt sich Stoppelleere.

Golgatha.

Eine Schneefläche unabsehbar weit. Der graue Nebel darüber, wie eine Last von dumpfem Hass.

Ist's Tag? Ist's Abend? Ich sehe kein Gestirn.

Ob die Sonne noch lebt?

Ueber die eisige Fläche schleppt sich müde mein Schritt. Mir ist, als söge der giftige Nebel aus allen meinen Poren das Leben und zöge mich fort in ein langsames Sterben.

Seine Finger sind nass, schlaff, kalt.

O, ihr rosig sonnendurchglühten Finger des Frühlingsmorgens, die ihr ins Leben weckt, wo seid ihr?

Und ein hüpfender Wind der Erinnerung geht durch mein Herz, — ein leiser Tanz voll seidenem Rauschen.

2*

Da eine Stimme hinter mir. Hart wie frostberstendes Eis.

„Du da!"

Wie in den Boden gerammt, steh' ich erschrocken.

„Was erschrickst Du! Ich bin nicht der Tod. Ich bin nicht der Tod. . . . ach!"

Eine Wolke umballt meine Sinne. In kalte Leichenkammern entflieht meine Seele. Dann taucht sie heraus in eine grosse Helligkeit, und neben einem greisen Manne schreit' ich durch ein sonnenheisses Land.

Grellweisse Felsen und dürres Gelb sterbender Reife rechts und links.

„Hebe Dein Haupt! Sieh! Da ist Golgatha!"
Christus!

Im glühenden Sonnenbrand, tief niedergesunken das Haupt, am Kreuz. Ich sehe in seinem blonden Haar den Dornenkranz, die Schmerzensgloriole. Sein Leib ist dürr und voller Blutrunst.

Oh, Christus!

„Komm!"

Lass mich beten am heiligen Marterstamm! Hier lass mich beten lernen!

„Komm! Siehe die Leute an, die beten."
Er führt mich fort. Und wieder flieht
meine Seele. Durch wetternden Sturm flieht
sie und Waffenklirren und Feuersbrunst und
Sterbeklagen. Und in ein mittleres Licht
taucht sie auf.

Auf glattem Asphalt schreiten wir durch
eine grosse Stadt.

„Hebe Dein Haupt! Sieh', da ist
Golgatha!"

Gott! Gott! Entsetzlich, da —: Mitten
im schiebenden Gewirre der Stadt, da, mitten
auf grossem Platz, zwischen Theatern und
Kirchen und Parlamenten: das Kreuz! Christus
daran, blutend, gesenkten Hauptes, und keiner
achtet sein. Regimentsmusik, Wagengerassel,
Equipagen, strömendes Leben, Lachen und
Schreien. Christus! Christus! Blutender
Heiland! Christus! Er hebt das Haupt, öffnet
die Lippen: „Mich dürstet!" Keiner achtet
sein. Ihm sinkt das Haupt.

„Komm!"

Und es wird still. Ich höre Vogelsingen.
Die Luft ist lau. Sensensausen im Korn.
Friede! Friede!

Ein unermessliches Feld, segenschweres Meer von windbewegten goldenen Halmen. Tausend Sichler mähen im Schwung.

„Hebe Dein Haupt! Sieh', da ist Golgatha!"

. Mitten aus goldenem Garbenberg das Kreuz. Ein stumpffinsterer Mann, eine Peitsche in Händen, daran gelehnt. Sein Blick mustert über die gebückten Rücken der Mäher.

Und über ihm der gepeinigte Leib der Liebe. Christus!

Da seh' ich sein Auge, schmerzdurchstiert. dunkelbraun, weit offen, hoffnungsleer. Und seine Lippen öffnen sich. Schwarzes Blut entquillt dem Munde und ein Wort: Hass!

„Willst Du noch beten?"

Schnee knirscht wieder unter meinem Schritt, und wieder saugt mein Leben der Nebel.

„Willst Du noch beten? Viele Beter sah'st Du!"

Wer bist Du, alter Mann?

Und, langsam ferner werdend, nebel-verschluckt, wehen die Worte zu mir:

„Vor meiner Thüre sank er unterm Kreuz. Ich hob ihn nicht. Wer hebt Verbrecher auf? Ich betete Dank, dass meine Seele nicht so frech, wie seine. Da hob in seinem Herzen sich die Wahrheit: der Hass von Mensch zu Mensch. So starb er. Mir aber fluchte seine bittere Erkenntniss, dass ich sein Erbe sei und endelos erkenne: Golgatha überall und. Hammerschlag am Kreuz! Sein Tod ist ewig, seine Liebe ist tot. Ich lebe und lerne den Hass. Könnt' ich ihn lehren!"

· · · · · · · · · · · · · · ·

Golgatha überall und Hammerschlag am Kreuz . . .

Ernste Mahnung.

Deine lachenden Augen ruhen auf mir
Sonnenscheinwarm und trösten mein Herz;
Dein kleines Grübchen der rechten Wange
Macht lustig mein Herz, denk' ich blos seiner;
Dein rascher Schritt belebt mein Auge
Und spendet Flügel meinen Gedanken;
Dein Schelmenkinn dünkt mich so witzig
Wie zehn französische Komödien
Und dreissigtausend urgermanische;
Deiner Lippen geschwungener Liebesbogen
Jagt Kusswild auf in meinem Herzen
(Ich denke Du findest das Bildchen zierlich!)
Und wenn Du sprichst, schwillt auf mein Fühlen,
Dann bin ich selig ganz, ganz selig,
Die Engel im Himmel dann hör' ich ja singen!
Aber nur eins, mein Mauserl, bitte,
Eins vermeide, — es macht nervös mich —,
Sprich mir nicht das Hauptwort „Heirat".
Dieses Hauptwort klingt so ledern,
Wie ein ganzer Leitartikel,
Und ich hasse sehr dergleichen.

See abw. p. 43

Aus einem Herbste.

Die Flocken fielen federsanft, mit weichem Flaume deckten sie die müde, müde.Erde zu.

Es hing am Baume noch das Laub, das falbe, sterbekranke Laub, das kranke, kranke Laub.

In meinem Herzen stach ein Schmerz, ein tiefer, dunkler, stummer Schmerz, ein stummer Schmerz.

Da ging ich in die Nacht hinaus, die sternenlose, kalte Nacht, die kalte Nacht.

Da klang aus kleinem Haus ein Lied, ein schüchtern Lied von Kindermund, ein Lied von Kindermund.

Und weinend ging ich still nach Haus und sang für mich, und sang für mich ein leises Kinderlied —

Und ward gesund.

Flieder.

(Erinnerungsblatt an M. M.)

Stille, träumende Frühlingsnacht . . .
Die Sterne am Himmel blinzelten mild,
Breit stand der Mond wie ein silberner Schild,
In den Zweigen rauschte es sacht.
Arm in Arm und wie in Träumen
Unter duftenden Blütenbäumen
Gingen wir durch die Frühlingsnacht.

Der Flieder duftet berauschend weich;
Ich küsse den Mund Dir liebeheiss,
Dicht überhäupten uns blau und weiss
Schimmern die Blüten reich.
Blüten brachst Du uns zum Strausse,
Langsam gingen wir nach Hause,
Der Flieder duftete liebeweich . . .

Liebenswürdiger Rath und Antwort.

Kürzlich, an einem Aergertage,
Schrieb einem Freund ich Schriftstellerklage,
Dass mir zuwider zuweilen dies Schinden,
Verneigen, Verschweigen, Herumsichwinden,
Von der Sorgenpeitsche geschlagen, getrieben,
Von niedriger Nothdurft aufgerieben . . .
Der Brave, ein Deutscher von vielem Takt,
Schrieb mir zurück ganz nüchtern und nackt:
„Ja, Lieber, musst Du denn grade schreiben?
Kannst Du denn gar nichts andres treiben?
Hast Du nicht Jurisprudenz studiert?
Rasch, in die Zeitung, und inserirt:
Akademisch gebildeter Hausknecht sucht Stelle,
Jüngst schrieb er die zweihundertzwölfte Novelle,
War auch Mitarbeiter am Musenheim
Und bastelte manchen Ringelreim.
Wills aber gewiss nicht wieder thun.
Will ganz vernünftig werden nun.
Denn Hunger thut zuweilen weh.
Gefällige Offerten sub O. J. B."
Jaja, mein liebenswürdiger Rather,
So denkt ihr Alle, die vom Herrn Vater
Mit sanfter Gewalt zum Beruf ihr gezwängt,
Die ihr selbsteigen euch nicht gelenkt.
Ich aber habe mir selbst gewählt
Meine freie Kunst; und ob sie mich quält,
Ich bleibe ihr treu in Qual und Glück.
Zu euch, Philister, kein Schritt zurück!

Erntelied.

Es kreiste die Sense mit scharfem Schwung, es fielen die Halme, es sank das Gras, und die Sonne lachte der Ernte.

Der Himmel war blau, und die Luft war heiss, und die Schnitterin schnitt und lachte dazu: 'O, du Sonne, du Sonne, du gute!

Nun ist es gesammelt, das goldene Korn, und das duftige Heu liegt wolkenschwer im Haus, unterm Dach: Nun sind wir dich los, Frau Sorge!

Nun klingen die Glocken zum Erntefest, nun wollen wir tanzen zwischen dem Heu, wo unsere Schlegel den Körnertanz laut schlugen den Takt: auf der Tenne.

Nun Schnitterin komm und reich mir die Hand, nun will ich mal sehn, du fröhliche Dirn, ob deine Beine so lustig sind, so voll Kraft und voll Schwung, wie die Arme.

Und die Geige singt, und der Brummbass brummt, und die Pfeifen kichern und kullern wie toll, und wir drehen uns wild rundum, rundum zwischen duftendem Heu auf der Tenne.

Warm fühl ich mir nah' deine Frühlingsbrust, du flinkes Mädel; ich halte dich fest, ich seh in dein Auge, es jauchzt mein Herz: O, du Sonne, du Sonne, du gute!

Lyrikerchens Traum.

„Ach Gott, wie grob ist unsre Zeit!
Wie starr, wie eisern-folgerichtig,
Nichts als die graue Nützlichkeit
Erscheint modernem Volke wichtig.

Was schiert sie Mondschein, Blütenduft
Und all' die süssen, zarten Dinge,
Die frührer Zeit so lind die Luft
Durchsäuselten wie Schmetterlinge?

Kompakte Nahrung will das Pack
Und sicher-feste Staatspapiere,
Geld, Geld nur immer in den Sack . . .
Schlaf ein, mein lyrisch Herz, erfriere!"

Der dies schrieb in lang und kurzen
Zeilen mit blassblauer Tinte
In ein zierlich-goldgerändert
Aber umfangreich Volumen,
War der Dichter Balduin.

Balduin vom grünen Hage
Nannt' er sich, in Wahrheit hiess er
Emil Blempke; blond, blauäugig
War er, lang behaart und mager.
Dieses ist mein Held! — Wahrhaftig,
Stolz will mir die Seele schwellen,
Wenn ich denke dieses Helden.
War er nicht berühmt im Lande,
Herzberühmt bei allen Damen?
Wob sein Lied nicht ambraduftig
Still in tausend Backfischherzen
Rosarote Sehnsuchtsschleier?
Guckte nicht aus allen Winkeln
Sittentücht'ger Wochenblätter
Seine blasse Mondscheinmuse
Mit dem Blick voll dünner Wehmuth?
Ja, er war ein auserwählter,
Anerkannter, vielberühmter,
Sinnig-minnig-unschuldsvoller,
Braver, lieber Lyraschläger.
Aber ach! sein Sinn war trübe.
Dicke, schwere, schwarze Wolken
Zogen dicht sich um sein Herzchen,
Und die Seele ward ihm bänglich.
Täglich sanken sie im Preise,
Seine Rosenölpoeme,
Täglich wurden mehr abwendig
Seiner zarten Weltauffassung,
Ungebührlich laute Stimmen
Schrie'n nach festrem Lyraton.

Nannten seine Lieder Singsang,
Klimperei und Duseltöne,
Wollten etwas andres hören,
Als beglänzte Abendwiesen,
Liebesqualen, Herzensschwanken,
Sprachen viel von Kraft und Wahrheit.
Weh! ach weh! die Welt geht unter!
Ja —, der Untergang ist da!
Balduin wards offenbarlich
Jüngst in lyrisch-grausen Träumen,
Als ihm schnöde returniert ward
Ein aus Duft und Dunst gewobnes
Lenzgedicht im ziersten Tone:
Gott sei Dank! 's war nur ein Traum.
Seelenschmerz voll Bangigkeiten
Warf ihn nieder auf das Sofa,
Jenes blaue Lotterbette,
Dessen schwippend-sanfte Polster
Ihn mitsamt der wolkenduft'gen
Muse, ach, wie viele Male
Schwangen in Begeistrungssphären,
Glatt, elastisch wie sein Reim.
Aber jetzt, wie eine Leiche
Lag er mit geschlossnen Augen
Auf dem hehren Musenlager,
Krampfhaft hielt die Hand das schnöde
Rückgeschickte Lenzpoemlein,
Doch sein Geist ersah, was folgt:
Grau in Grau die Welt: — ein Dröhnen
Kraftgespannten Arbeitsringens

Schallt ringsum, ein feierlicher
Düstrer Ernst liegt auf den Zügen
Allen Volks, die Luft ist ruhig,
Schwefelduftig, widerwärtig,
Wie nach Menschenschweisse riechend.
Sehr geduckt, im schwarzen Gehrock,
Schwanken tausend Lyraschläger
Wimmernd durch die dunklen Strassen,
Schwerbepackt mit Manuskripten,
Trostlos und Verlegerlos.
Aufgestapelt riesenmässig
Liegen zentnerweise Ballen
Lyrisch-himmelblauer Bände
In profanen Käseläden,
Und der Mann der stumpfen Arbeit
Kriegt als Hülle gelblich-weisser,
Nicht lavendelduftiger Speise
Ach, ein Blatt von Balduin.
Deutlich sieht's der Unglückselige:
Seite 13 „An Klarissa".
Ach, es ist der allerbeste
Seiner keuschen Minnesänge,
Ach, es ist das wunderbare
Lied, in welchem Mond und Sterne,
Sonne, Thau und Himmel glänzen,
Nachtigall und Amsel flöten,
Selbst die Steine und Flüsse jubeln,
Kurz, in welchem Balduin
Der Natur sämmtliche Reiche
Kühn mobilisirt, um seiner

Wolkenhaften, herzgeträumten,
Nie gewes'nen, still ersehnten,
Blond-blauäugigen Klarissa
Einen schnellen Blick zu rauben.
Dieses Lied im Käseladen!
Und statt dieser süssen Lyrik
Tönen ihm ins Ohr gewaltige,
Für sein zart Gehör zu laute,
Leidenschaftlich-volle Weisen.
Bald wie brausende Choräle
Kraftentzückten Menschenstrebens,
Bald wie Schmerzensschrei aus tausend
Qualzerrissenen Menschenherzen,
Bald wie tosend schrankenlose
Blutlebendige Menschenlust.
Dieser Ton fährt wie ein Sturmwind
In die dünnen Gehrockdichter,
Fegt wie herbstlich Laub in Haufen
Sie zusammen, und betrüblich
Wie ein Zug von Leichenbittern
Wandeln sie zur Welt hinaus.
Balduin packt kalt Entsetzen.
Ganz unleidlich tönt's im Ohr ihm,
Tief im Herzen hockt Verzweiflung,
Und so zieht er als der letzte
Dichter von der dünnen, blassen
Observanz wehmuthumnachtet
Durch die düstre Trümmerpforte
Einer kalt gewordnen Welt.
Draussen blickt noch einmal rückwärts

3

Er mit seinen wasserblauen
Abbildaugen seiner Muse,
Setzt sich hin, wie Meister Walter
Von der Vogelweide: treulich
Deckt er Bein mit Beine, schmiegt
Die ätherisch zarte Wange
Auf die schmale Dichterhand . ...
Thränen tröpfeln aus den Augen,
Wirklich salzig-echte Thränen,
Wirklich nasse, grob-reelle,
Nicht die Thränchen seiner Lyrik,
Welche nur ein Requisit sind
Klug erfahrnen Dichterhandwerks.
Und aus thränumflorten Augen
Blickt er starr und unbeweglich,
Ein Gespenst der Wasserlyrik,
Auf die arbeitlaute Stadt.
Rückwärts wirft er dann die Locken
Starken Rucks und schnellt gen Himmel
Seine traurig-nassen Blicke,
Nimmt zur Hand das Heft in Goldschnitt,
Spitzt den goldgefassten Bleistift
(Ein Verein von stillerglühten
Balduinverehrerinnen
Hatte dieses Stück gestiftet),
Sinnt skandirend noch ein Weilchen,
Aber dann, heidi! geht's los.
Flott, mit schreibgewandtem Finger
Eilt er in bald lang bald kurzen
Zeilen über das vorzüglich

Schneeig-weisse, unschuldweisse,
Glatte, brave Schreibpapier.
„Letzter Gruss des letzten Dichters‘‘,
Also nennt er seiner Wehmuth
Hingehauchte Rhythmenseufzer,
Und die Seufzer klangen so:

„Verweht, ach, und verklungen
Ist nun die Rosenzeit —
Die Welt hat ausgesungen. . .
Mit Brausen kommt herangeschnaubt,
Der Wind, der Baum und Strauch entlaubt, —
Wem je ein Lied gelungen,
Der gehe nun beiseit.

Mondschein und Liebesjammer,
Wer kümmert sich noch drum?
Es herrschen Dampf und Hammer!
Statt unseres Reichs Lavendelduft
Durchzieht Fabrikqualm nun die Luft —,
Geh' still in Deine Kammer,
Poet, und bring' Dich um!

Geh' aus der Welt, der schnöden,
Die keine Schönheit will,
Nach Wahrheit schreit, der blöden!
Ein Lied nur noch im alten Ton,
Und dann ins bess're Sein geflohn,
In rein're Morgenröthen,
Wo's duftig, selig, still! —“

3*

— Schreibt's und greift sich in die Locken.
(Wie er immer that beim Dichten)
Und erhebt sich, will zum Spiegel
Eilen (wie er ditto immer
That, wenn ihm ein Wurf gelang).
Aber dieses Aufsprungs mächtige
Dichtermuskelüberspannung
Warf ihn um vom Musensofa;
Schweren Falles rollt der edle
Balduin vom grünen Hage
Auf die Diele, vom brutalen
Fallgesetze unmanierlich
Attakiert, und er erwacht.
In der Hand noch ruht zerknittert
Jenes herzlos rückgesandte
Manuskript — er wirft es zornig
Weit von sich, erhebt sich, reibt sich
Seiner Hinterseite Flächen,
Reibt sich auch die Dichterstirne,
Blinzelt mit den sinnig-blauen ·
Augen und besinnet sich.
Welch' ein Bild! Wie wenn des Mondscheins
Sanfte Strahlen langsam, sieghaft
Sich durch Wolkenballen drängen
Und mit lächelnd zartem Lichte
Plötzlich dann auf dunklen Wellen
Eines nächtigen Sees ruhn:
So rang langsam, glänzend, sieghaft ,
Sich ein Lächeln auf die Lippen,
Um die Augenfältchen, auf die

Dichterstirne, um die feinen
Holdgeschwungenen Nasenflügel
Balduins, — verklärt und eilig
„Wallt" er hin zum Dichterpulte,
Oeffnet das im Traum gesehne
Goldschnittschöne, glattpapierne
Verseheft mit stillem Lächeln,
Tunkt die Feder in die blasse,
Blaue Sehnsuchtslyriktinte,
Fährt noch einmal durch die Locken,
Sinnt, und sieh', da steht es nun:
„Letzter Gruss des letzten Dichters".
Ei, wie lacht der Zeilen Kunstbau!
Hold Poem, in blauer Tinte,
Oh, wie niedlich schaust du aus!
Sechsmal liest er noch die Weise,
Nickt zufrieden mit dem Kopfe,
Steht nun auf und wandelt leise
Von dem Pulte bis zum Spiegel,
Blickt hinein mit Wohlgefallen,
Zupft sich seines Shlipses Schleife,
Rückt am Kragen, bläst ein Stäubchen
Von des Schlafrocks blauem Sammt.
Ach, ein wonnig Wohlbehagen
Wärmt ihm jetzo Herz und Nieren,
Da er eben noch im Traume
Fürchterlichen Graus gesehn.
Leise kitzelnd, lieblich schwirrend
Hüpft im Herzen ihm die kleine
Lyrisch duftige Tändelpsyche,

Spreitet schillernd keck die Flügel,
Stärkt anmuthig das Gefühl ihm
Mit vergnügter Zuversicht.
„Blaue Blume! Nicht verloren
Ist Dein Duft! O Säusellyra,
Deine Töne werden leben
Trotz der wilden Wahrheitsrufer!
Unsre Zunft liegt gut und sicher
Eingeschrieben noch im Hauptbuch
Schier unzähliger, weicher Herzen,
Die mit zarten Nerven ängstlich
Sich vor Lärm und Hast und Arbeit
Blumenseelisch in die duftigen
Idealen Sphären flüchten.
Mögen sie nach Leidenschaften,
Wahrheit, Urkraft und so weiter
Nur mit tüchtigen Lungen schreien:
Wir verachten ihre Plumpheit!
IDEAL aus Nichts und für Nichts·
Goldumsponnen-wolkenhaftes,
Dämmerlind-mondscheingewobnes,
Wesenloses, überirdisches:
Du bist unsre Zuversicht.
Tausende bedürfen deiner,
Du Ambrosia zarter Seelen,
Sind an dich gewöhnt und lassen
Nicht von dieser leicht verdaulich
Unkompakten Himmelsnahrung.
Dich drum will ich fürder singen!
Mit der rosarothen Fahne

Idealer Schönheit steh' ich,
Blüthenduftumwölkt hoch oben
Ueber dieser Jammerwelt.
Mögen sie in Arbeit seufzen,
Mögen sie in Schmerzen wimmern,
Oder jauchzen nach gemeiner
Menschenart, — auf Wolken gaukelnd
Schweb' ich oben kühl-gemüthlich,
Greife mit geschickten Händen
In die sanftgestimmte Leyer,
Mir und weichen Wonneseelen
Zu gelinder Unterhaltung.
Dieses ist die einzig wahre,
Lind-gesunde, zuckersüsse,
Keusche, wohlerzogne Lyrik,
Dieses ist das Ideal!"

Sturmlied.

Wild stiess der Sturm durch die Nacht.
In den schwarzen Aesten der alten Eiche
Harfte er gellend ein Tanzlied der Kraft:
Ueber die Berge und Wässer und Wälder,
Hussahojoh!
Schwing durch die Nacht ich mich, flügelfroh singend,
Hussahojoh!
Tannen zerknick ich wie dürres Schilf,
Aecker zerwühl ich wie Haufen Sands,
Fangeball spiel ich mit Felsgestein,
Hussahojoh!
Auslösch ich die Lichter, anfach ich die Flammen,
Mit Wolken umball ich die blinkenden Sterne,
Gebirge von Wogen aufthürm' ich im Meere,
Zu schlingenden Schlünden hinblas ich die Schiffe,
Hussah!
Dann spiel ich mit treibenden Trümmern gelinde,
Und müde werd ich zum säuselnden Winde,
Und singe wie Wiegenlied leis und weich.
Ich küsse die blinkenden Blüthen am Baume,
Ich tändle am wogenden Halmackersaume
Und glätte die Wiesen sammetgleich.
Das ist meine Kraft, die ich löse und binde;
Krieg kreisch ich im Sturme, — im schaukelnden Winde
Bin ich ein stillfroher Friedereich.

Schrei.

Mich frisst die Wuth, mich frisst die Gier:
Nach Dir, nach Dir, nach Dir, nach Dir!
Es rast mein Blut, es rast mein Hirn:
Nach Dir, nach Dir, Du lachende Dirn!
Krank bin ich vor Liebe an Seele und Leib:
Nach Dir, nach Dir, Du lockendes Weib!

Sonntag.

Sonntagsfriede liegt
Heilig über der Stadt,
Ach, wie ist mein Herz
Seiner Wochen satt.

Quälen, Keuchen, Kampf
Um ein kärglich Brot, —
Ach, wann machst Du frei,
Lebenssonntag. — Tod.

Nachtgang.

Wir gingen durch die dunkle, milde Nacht,
dein Arm in meinem, dein Auge in meinem;
der Mond goss silbernes Licht über dein
Angesicht; wie auf Goldgrund ruhte dein
schönes Haupt, und du erschienst mir wie eine
Heilige: mild, mild und gross, und seelenüber-
voll, gütig und rein wie die liebe Sonne. Und
in die Augen schwoll mir ein warmer Drang,
wie Thränenahnung. Fester fasst' ich dich
und küsste — küsste dich ganz leise, — meine
Seele weinte.

Fröhliche Zuversicht.

Nun ist die Blüthenzeit vorbei,
Die grüne Wiese gilbt sich schon, —
Vergangen ist der Mai.

Im Busch ein kleiner Vogel singt
Ein lautes Lied vom Glück, vom Glück,
Das nun der Sommer bringt:

Die Blüthenfrucht, die junge Brut,
Das stille Reifen überall,
Des Segens schwere Fluth.

Vom Nachbarbusch antwortet fein
Das Weibchen seinem Glücksgesang, —
Nun singen sie zu Zwei'n.

Zu Zwei'n, Zu Zwei'n! Das war im Mai,
Da mir das Glück zu Zwei'n bescheert, —
Schnell ging das Glück vorbei.

Es schwand im Blüthenüberschwang,
Es hallte leise, leise aus,
Wie ferner Mädchensang.

In meinem Herzen lind und warm
Verglimmt's wie Abendsonnenschein; —
Mein Herz ist ohne Harm.

Mit Lachen flog mir fort das Glück,
Ich aber weiss: im nächsten Mai
Kehrt's lachend mir zurück.

Nachtfahrt im Frühling.

Die keuchende Schlange der Schnelligkeit,
Der Dampfzug, schiesst durch die Frühlingsnacht.
Im süssen Erwachen aus kalter Ruhe
Aufathmet die Erde, feuchtwarme Winde
Schwellen sehnsüchtig, breit ausschwebend
Ueber die Fluren.
Blinzelnde Lichter gucken freundlich,
Schalkhaft gemüthlich und wie erstaunt,
Aus stillen Dörfern.
Jetzt sitzen sie dort am Abendtische ·
Und tauchen mit schwieliger Hand den Löffel
Reihum in die Schüssel.
Was aber jung ist, fühlt den Frühling,
Und den Verliebten glänzen seltsam
Ueber die Suppe hinweg die Augen,
Und unten telegraphieren die Füsse
Schnell verstandene Gefühle. —
Oh, dass ich ein Gegenüber hätte,
Mit welchem ich telegraphieren könnte!
Aber nur eine von jenen furchtbar'n

Gottesruthen, die hundertfältig
Nach allen Seiten des Erdrund's täglich
Ueber die Welt hinfegen, zur Seite
Jenes ominös-lacklederne
Waarenpacket und im Munde immer,
Immer und ewig dieselben schlechten,
Nicht wohlduftenden Witze und Zoten: —
Nur ein adonisisch glatter
Kaufmannsreisender, blaubezwickert,
Glotzt mich an mit dem Blicke der Wehmuth,
Welcher der Leinwandsbranche eigen.
Dieser Barbar, ich fürchte, berechnet
Unterhosenprozente, indessen
Draussen der Lenzwind tausend Keimen
Säuselnde Liebeserklärungen flüstert,
Oder mit mächtigem Wehen hinaufschwillt,
Auch den Sternen, den kalt-blasierten,
Die so unverschämt gleichgültig
Auf die bräutliche Erde blinzeln,
Laut zu künden den Drang der Liebe. —
Nächtiger Lenzwind! Sänge ich Hymnen,
Sicherlich schwöllen mir dithyrambisch
Hochbegeisterte Seligkeitsworte
Stürmisch flammend aus freudigem Herzen.
Aber, ach, unpathetisch ist leider
Meiner bescheidenen Lyra Grundton.
Ob ich auch manchmal überschwänglich
In die vergriffenen Saiten reisse,
Immer doch schnarrt aus dem tückischen Schallloch
Sehr perfid die höhnische Wahrheit:

„Schäkerchen, Freundchen, Du ruinierst mich!
Klimpre kleine Schelmenlieder,
Spiel dir hin und wieder schmunzelnd
Mal 'nen Hopser zur Ergötzung
Deines flatternden Gemüthes,
Säusle auch durch meine Saiten
Ueber Blauaugen, geheimnissvolle,
Ueber den Schwung kusslockender Lippen,
Oder auch über die heimliche Wonne
Einer grübchenreichen Patschhand, —
Aber lass mich um Gotteswillen
Mit pindarischem Schwung in Ruhe!
Solcherlei, Freundchen, vertrag ich nicht." —
Und so weht der nächtige Lenzwind,
Ohne von mir besungen zu werden. —
Aber er selbst singt ganz vorzüglich.
Ja, das heiss' ich wahrlich erhaben,
Wie volltönig gewaltig er einsetzt,
Wie er mühlos die Stimme aushält,
Welch gewaltige Melodieen
Rhythmisch und fessellos dennoch er aushaucht.
Süss zuweilen, wie ein italisch
Gluthverhaltenes Liebesständchen,
Oder so sehnlich und stillbeklommen
Voll geheimnissvoller Schwermuth,
Wie die Seele des slavischen Volkslieds.
Aber seine Bravour erzeigt sich
Doch im germanischen Heldensange,
Wenn er Sehnen und Säuseln vertönt hat
Und in brausenden Mannheitsrhythmen

Jubelnd und furchtbar seine Stimme
Ueber die bräutlich zagende Erde
Riesig dahindröhnt. —
Brausewind Lenz, der Lyriker Grösster
Bist du, und Keiner hat dich bezwungen
All' der tausend Menschensänger,
Denen ein Hauch von dir im Herzen
Schwoll und auf den Mund sich drängte.
Singe mich ein in schimmernde Träume,
Brause auch mir in die bangende Seele,
Dass ich zu meinen Erdenbrüdern
Reden könne in Frühlingsworten!
Brause mir . . . aber da quiekt schon wieder
Elende Mahnung mir aus dem Schallloch:
„Schäkerchen, Freundchen!" — Und ich vernehme,
Wie der Leinewandene mächtig
Schnarcht, als ob man Barchent risse.
Muthlos fühl ich mich, schwach, unendlich
Machtlos . . . Durch die Frühlingswogen
Drängt sich prustend der eherne Dampfzug,
Und umsungen von höheren Weisen
Braus' ich entgegen dem innigen Willkomm
Eines wartenden Mutterherzens.

Ich freue mich auf morgen.

Gell ja, also morgen? . .
— „Ja freili, wenn S' aufstehn."
Aber natürlich werd ich aufstehn!

*   *   *

Punkt sechs wird's klopfen:
„I geh . . !"
Und heraus aus dem Bette
Mit einem Gewaltsprung,
Und hinein in die Kleider
Mit heftiger Begeisterung,
Und hinaus und hinunter
Ans Thor zu dem Mädel,
Und fort, fort, fort,
In den Tag hinein,
In den blühenden Tag,
Zu Zwei'n, zu Zwei'n!

Ich freue mich auf morgen.

Ringelreime.

Es war im März der erste Tag,
Da hob sich erstes Frühlingswehn
Und erster lauter Amselschlag.
Es war im März der erste Tag,
Der Schnee noch auf den Bergen lag,
Da hab zuerst ich Dich gesehn.
Es war im März der erste Tag,
Da hob sich erstes Frühlingswehn

In meinem Herzen war es Mai
Voll buntem Blüthenüberschwang.
Der Winter, rief es, ist vorbei!
In meinem Herzen war es Mai.
Es sang die Liebe tandaradei,
Und Vers an Vers in Knospen drang.
In meinem Herzen war es Mai
Voll buntem Blüthenüberschwang.

Da kam der Mai mit Sang und Blust,
Der laute, bunte Erdenmai
Und aller Creaturen Lust,
Da kam der Mai mit Sang und Blust.
Da wand'st Du Dich von meiner Brust
Und schnitt'st der Liebe Band entzwei.
Da kam der Mai mit Sang und Blust . . .
Da war der Frühling mir vorbei.

Dämmerung.

Dämmerung mit den milden, grauen Augen schreitet über die Erde. Kühl weht ihr Athem, weich und kühl, milde wie ruhiger Athemzug eines schlummergeküssten, backenrothen Kindes. An lauschender Ferne ruhendem Rund ein goldenes Glänzen, matt verscheidend, zerrinnend in zarten, grauen Duft . . .

Oh Ruhe! Ruhe! Gabe der Seligkeit, die du auf Flügeln der Dämmerung linde vom Himmel niederschwebst, linde das Herz mit warmem Hauche, sorgenscheuchend, berührst, Ruhe, Frieden, Fülle des Seins! Heut' aus grauen Dämmeraugen blickst du mich liebreich an und verheissend, und mein Dank schwillt auf im Herzen, wie im Auge der seligen Braut warme, lachende Thränenfluth, — aber mein Herz muss an verklungene Tage höheren Glückes denken, da ihm friedevolle Liebe gütig fromm entgegenleuchtete aus zwei braunen Mädchenaugen, Sonnen der Liebe.

Glück im Fluge.

S giebt heute recht mässigen Sonnenschein,
Und der Himmel schaut recht ledern d'rein,
Als ob ein Rezensent er wär',
Dem plötzlich fällt das Schimpfen schwer.
Die Strassen sind schon mehr Morast,
Und die Menschen rennen mit alberner Hast:
Wohin Du trittst ist eine Pfütz',
Die Weiblein lupfen das Gewand,
Und dennoch trieft der Unterrockrand —,
Dies Hundewetter ist gar nichts nütz . . .
Und doch, und doch, was mag das sein,
In mir lacht leuchtender Sonnenschein,
Wie Kobolde purzeln her und hin
Vergnügte Gedanken in meinem Sinn,
Als käm' ich eben direkt vom Wein,
Als hätt' ich mein Leibgericht gegessen
Und mit guten Freunden zusammengesessen,
Und bin doch so nüchtern, als sein es kann
Zum höchsten ein frömmlicher Muselmann.
Ich möchte die ganze Welt umschliessen,

Und gar nicht würd' es mich verdriessen,
Wenn drunter ein Schock Theologen wäre,
Ja, käme mir selbst ein Kerl in die Quere,
Der sich's erwählt als höchsten Beruf,
Mit witzelndem Hohn und Lug und Spott
In den Koth zu zieh'n, was ein Besserer schuf:
Selbst solch einem Schuft, heut würd' ich, bei Gott,
Mit Lächeln ihm ins Antlitz gucken
Und würde vergessen, auszuspucken. —
Ja, Himmel und Erde, woher der Jubel?
Woher dieser jauchzende Herzenstrubel?
Hat Dame Fortuna mir hold gelacht,
Irgend was Extra-Gut's gebracht?
War einer vielleicht von den löblichen Boten
Herrn Stephans da mit den rosa-rothen
Papieren, die schimmern wie Glücksverheissung,
Und welche benannt sind: Postanweisung?
Ach nein, ach nein, ach nein, ach nein —:
Der Freude Grund muss ein anderer sein. —
Hat irgend ein gütiger Unbekannter
Meine Schulden bezahlt alle miteinander
Und hat mir geschrieben: „In Freundlichkeit
Zu ähnlichen Diensten auch ferner bereit?"
Ach nein, ach nein, ach nein, ach nein —:
Der Freude Grund muss ein anderer sein. —
Oder hat sich vielleicht ein Verleger gefunden,
Der meine Schriften, schön eingebunden,
Dem Publikum will präsentiren
Und pränumerando honoriren?
Ach nein, ach nein, ach nein, ach nein —:

Der Freude Grund muss ein anderer sein. —
Und auch mein Schatz — das könnt' ich noch preisen
Als Glückes-Lächeln in jubelnden Weisen —
Und auch mein Schatz, von Liebe bewegt,
Hat nicht seine Sprödigkeit abgelegt
Und sich mit einem schnellen Schwunge
An die Brust mir geworfen und glühend gehaucht:
„Da bin ich, da nimm mich, mein Herzensjunge!" —
— Und doch bin ich ganz in Freude getaucht ...
Und seh' ich nach genau und klar,
Was mir denn Liebes geschehen war,
So muss ich grad offen herausgestehn:
Nichts Sonderliches ist mir geschehn,
Als dass ich ein liebliches Kind gesehn.
Schnell schwand es vorüber im Menschengewimmel
Und leuchtete doch mir ins Herz einen Himmel.
Bracht's fertig mit seinen klar-fröhlichen Blicken,
Meine ganze Trübsal zum Teufel zu schicken.
Eins .. zwei — vorbei! Wie schnell es entschwand,
Das liebliche Bild, ich hab' es gebannt,
Fest eingeschlossen als Talisman,
Dass nicht die grämlichen Stunden nah'n. —
Sonst hat das Glück mir nichts beschieden,
Aber, beim Himmel! ich bin zufrieden.

?

Was eigentlich die Kleine will,
Das mag der Teufel wissen!
Bald guckt sie mich gar glühend an,
Als wär' sie hingerissen.
Wovon? Wozu? Ich ahn' es nicht;
Der Teufel mag es wissen.
Dann aber wieder macht sie mir
Ein Lärvchen, furchtbar sauer,
Dass mir's durchs ganze Rückenmark
Hinfährt wie kalter Schauer.
Weshalb? Warum? Ich weiss es nicht,
Bin immer gleich beflissen.
Was eigentlich die Kleine will:
Der Teufel mag es wissen.

Ein Menuett.

Nestwarmweiche Lagerstätte,
Himmelblaues Himmelbette,
Seidenkissen, Spitzenzier,
Rosawolken, mullgebauschte,
Hinter denen Amor lauschte,
Unsrer Liebe, Dir und mir,
Kräuselte der Tapezier.

Aus der Ampel quillt in hellen
Morgenrötenrosenwellen
Schmeichelweiches Liebeslicht.
Wie in einem Rosenhaine,
Rose selber, ruht die Meine,
Und von Rosen ein Gedicht
Ihres Busens Heben spricht.

Leise, leise, ihren rothen
Lippen Morgengruss geboten.
Augen auf. Bon jour Madam'!
Zweier Sonnen hell Erwachen,
Zweier Sonnen selig Lachen . . .
Als ich in den Arm sie nahm,
Amor aus der Wolke kam.

Sonnenblicke.

Leises Blätterrauschen rings,
Traumhaft, wie im Märchenwalde . . .
Vogelsingen von den Zweigen,
Schmelzend bald in langgezogenen,
Schluchzenden Tönen, bald in lautem,
Hochaufschmetternden Jubelruf. —
Leise der Wind weht . . . Leise die Düfte
Ferner Blumen schwanken im Winde.
Schweigend kreisen Blüthen und Blätter
Langsam nieder — frühgewelkte;
Milde blickt mit tausend blauen
Augen durchs Geäst der Himmel . . .
Blaue, milde, schöne Augen,
Feucht erglänzend in fraulicher Güte,
Haben mir tief in die Seele geleuchtet —
Sonnenblicke, Sonnenblicke . . .
Trüb und dumpf, von Qual und Zweifel
Aufgestachelt und niedergedrückt,
Schwankte mein Herz in öder Leere.
Sehnsucht, Sehnsucht breitete aus,
Schloss und breitete wiederum
Ihre dürren Arme aus . . .
Träume, nur Träume kamen und schauerten
Holde Bilder in meine Seele,
Schönheitsvolle glückselige Bilder,
Buntgestaltige, schön in Liebe, —
Aber mit rauhem Griffe zerriss

Grausam kalt die unerbittliche,
Grelle Wirklichkeit die schimmernden,
Und mein thränenloses Auge
Sah in die Welt zu klar, zu klar. -
Drinnen, tief im leeren Innern,
Ewige Nebelnacht der Seele,
Kalt und schweigend,
Einsam,
Todt —:
Unkrautüberwucherter Friedhof
Hingestorbener Gefühle.
Grässliche Ruhe. Ruhe des Scheintodes;
Stummes Krampfen, jäh unterbrochen
Schmerzlich von zuckenden, heulenden Stössen
Wühlenden Verzweiflungssturms.

Milde glanzvoll, feucht erschimmernd,
Sonnenstrahlenklar und wärmend
Drang in dieses stumme Dunkel
Zweier Augen seliges Licht.
Helle ward's. Und heiter weitete
Sich das Herz im freundlichen Schimmer
Dieser Menschen-Sonnenblicke,
Und es keimte, schwellte, wuchs,
Drangvoll, frühlingsgläubig, selig
In dem milden, warmen Lichte
Hoch empor die Blüthe der Liebe.

Wartelohn.

Morgenjunge Herrlichkeit,
Hell die Welt und frisch der Wind,
Wartend klopft mein Herz geschwind —:
Eine Minute schon über der Zeit!
Ach, wie oft schon sagt' ich's, Kind:
Pünktlichkeit!
Und ich spähe augenweit,
Und ich schaue fast mich blind,
Ist das Mädel nicht gescheidt?
Zehn Minuten schon über der Zeit!
Soll ich eine Ewigkeit
Warten und sehnen?! — Langsam rinnt
Der Minuten Folge, breit
Wie ein Theerstrom. — Zeit, oh Zeit!
Deine Minuten wie Stunden sind! . . .
Sieh, da flattert ihr blaues Kleid,
Flattert im Wind!
Alles Warten ist verwunden,
Hat sich Mund auf Mund gefunden,
Blick in Blick sich eingesenkt.
Dehnten jetzt sich die Sekunden
Aus zu langen Dämmerstunden,
Wär's kein Umstand, der uns kränkt,
Da der Wind mit leisem Neigen
Ein Panier aus Frühlingszweigen
Ueber unsren Küssen schwenkt.

Traum im Walde.

Ein lichter, grüner Schleier über mir, und
um mich her ein lichter grüner Schleier . . .
Es singt und klingt aus weiter, weiter Ferne
Musik, vergehend, weich . . . Durch die Maschen
des Schleiers flirrt und blinkt ein goldiger
Schein. Der malt sich in Kringeln, in tanzenden
huschenden, bebenden Tupfen hell aufs dunkelgrüne Moos. —

Was singt das ferne, ferne Lied . . . ?
Lauschen will ich . . . Holde, weiche Frauen-
stimme, leise, leise . . . Wiegenliedsang . . .
Schlage die Augen auf, glückliches Kind; siehe
liebreich schimmern zwei gütige Sterne der
wachenden Liebe hernieder, schlafe, schlafe
du glückliches Kind, umsungen vom Liede
der Mutterliebe . . . Wehend theilt sich der
grüne Schleier: wie eine Wolke umhüllt er

ein Weib. Das naht mit schwebend langsamem
Schritt. — Bist du das Glück, Weib, bist du
die Liebe ? . . . Selige Milde strömt aus den
blauen, himmlisch gütigen Augen mir lösend
ins Herz . . . Bist du die Liebe, Weib? . . .
Wie es klingt und duftet . . . Was hebt mich
empor? Ein Quillen und Schwellen in mir:
süsses Singen, ferne, nahe; Geigen schwirren,
lang aussäuselnd; Blüthen schaukeln herab
durch warme, wogende Düfte, — ah, der
Athem der Frau mir nahe. Ihre Blicke strömen
wie heisse Fluthen glühend mir ins Herz, —
ein Kuss auf meinen bebenden Lippen . . .
Bist du die Liebe, Weib?

Da klingt's wie Wiegenliedsang so weich,
beruhigend, seliger Wehmuth voll von den
Lippen der Frau: „Vergehe im Traum, schlaf
ein im Tod, unruhiges Kind: schlafe, schlafe,
mein Kind im Tod, siehe die Liebe lebt."

Schlagende Herzen.

Ueber Wiesen und Felder ein Knabe ging,
Kling-klang schlug ihm das Herz,
Es glänzt ihm am Finger von Golde ein Ring,
Kling-klang schlug ihm das Herz.
    „Oh Wiesen, oh Felder,
    Wie seid ihr schön!
    Oh Berge, oh Wälder,
    Wie seid ihr schön!
Wie bist du gut, wie bist du schön,
Du goldene Sonne in Himmelshöh'n!"
Kling-klang schlug ihm das Herz.

Schnell eilte der Knabe mit fröhlichem Schritt,
Kling-klang schlug ihm das Herz,
Nahm manche lachende Blume mit,
Kling-klang schlug ihm das Herz.
    „Ueber Wiesen und Felder
    Weht Frühlingswind,
    Ueber Berge und Wälder
    Weht Frühlingswind.
Im Herzen mir innen weht Frühlingswind,
Der treibt zu Dir mich leise, lind!"
Kling-klang schlug ihm das Herz.

Zwischen Wiesen und Feldern ein Mädel stand,
Kling-klang schlug ihr das Herz,
Hielt über die Augen zum Schauen die Hand,
Kling-klang schlug ihr das Herz.

    „Ueber Wiesen und Felder
    Schnell kommt er her,
    Ueber Berge und Wälder
    Schnell kommt er her.
Zu mir, zu mir schnell kommt er her!
Oh wenn er bei mir nur, bei mir schon wär'!"
Kling-klang schlug ihr das Herz.

Rabenflug.

Mattheller Wintertag. Wie goldene Bronce
Liegt auf dem Schnee der Sonne schwacher Schein.
Das Leben schläft in träumender Agonie.
War Frühling einst? In dieser grauen Luft
Hat farbiges Falterschwingenspiel geweht
Und Blumendüften? Wo das kalte Weiss
Starr liegt und eben, wogte Maiengrün,
Von buntem Blumensternenschmelz durchflockt?
Wie ist es still geworden, todesahnungsstill . .
Der Park ist offen. Niemand trat durchs Thor.
So einsam ist's, als wär's die Todteninsel.
Die Marmorgötter auf den hohen Sockeln,
Von Schnee behaubt, stehn da wie Gräbermale;
Die Tannallee, schnurgrad hinausgezogen
Vom weissen Schloss bis an die Mauerthürme,
Ist eine schwarze, steife Leichengarde,
In Reih' und Glied zum Trauern kommandirt. .
Von jedem Schritte knistert, wie in Schmerz, der Schnee
Mein Hauch dampft aus in grauen Nebelwölkchen.
Bin ich allein das Leben in dem Tod?
Mein warmes Herz, du nimmer müder Quell
Voll rothen, heissen Lebensweines, ströme
Die Purpurwogen voller Liebe aus,
Giess aus durch meinen Leib die Fluth der Liebe,

Denn leben will ich, heiss in Liebe leben!
Wo ist die Bank, da die Syringentrauben
Violenblau aus dunklem Laube winkten?
Im hellen Lindgezweig, das drüber dachte,
Barg sich ein Finkenpaar im kleinen Nest,
Ein Marmorfaun auf rothem Porphyrsitze
Liess sich die Liebe einer kleinen Nymphe,
Die eng sich schmiegte seinem feisten Leib,
Mit Grinsen wohlthun . . . Suchend geh' ich schneller
Und finde meine Laube. — Armer Faun!
Die kalte Flockenmütze sitzt ihm schief,
Sein armes Nymphchen ist ihm schier verdeckt,
Ihr Schmiegen sieht mir gar nicht mehr wie Liebe,
Ach sieht nur noch wie bittres Frieren aus.
Das Finkenpaar? Ein alter Rabe sitzt
Im krummen Knorrgeäst der kahlen Linde
Und presst die Flügel an den kalten Balg.
Du schwarzer Leichenbitter, kannst du sagen,
Wo jetzt die Liebe weilt? Er hebt die Flügel,
Und krächzend, schwanken Fluges, schwebt er fort
Und fliegt zur Stadt. Schnell bin ich nachgegangen
Der Richtung seines Flug's. Und sollt' man's glauben?
Ich fand auf dieses alten Raben Weg
Ein kleines Haus, darin die Liebe wohnt.

Thränen.

Der Regen träuft,
Die Erde säuft
In vollen Zügen die stürzenden Fluthen;
Tief dunkel die Nacht.
Ich gehe allein,
Ich lausche dem Rauschen
Des fallenden Regens,
Ich höre den tiefen Athemzug
Des Weltenganges . . .
Mein Herz ist weh
In dieser dunklen Nacht.
Ich komme von Freunden,
Die nach mir stiessen
Mit scharfen Zungen,
Die mich beleidigten,
Weil sie ein Lächeln logen,
Ein laues Lippenlächeln, indess ihr Herz
Kalt war wie dieser Regen in der Nacht. —
Kalt von den wipfelrauschenden Bäumen fällt
Mir Tropfenschwere ins Gesicht,
So hart und kalt, wie mir ins Herz
Die lügenharten Lächelworte fielen . . .
Und tiefe, tiefe Sehnsucht schwillt,
Und Thränen mischen sich dem kalten Nass,
Heisse Thränen — — — —

Es war ein wetterdrohender Abend, schwül und schwer,
In meinem Herzen brodelte Begierde,
Mein heisser Blick grub tief sich in zwei braune,

Furchtsame, liebe, reine Augen.
Sie baten, flehten, beteten um Schonung,
Ich aber riss das flehende Weib zu mir
Und raste wild an ihrem wehrenden Leibe
Und wüthete mit Keuchen um den Raub
Des heilig Innigsten.
Viehisch grausam
Trat ich das reine, klare Bild zu Boden,
Das sie von mir im glaubenden Herzen barg . . .
Mein Stöhnen starb vor ihrem schweren Schweigen,
Vor ihrem Wehren wandte sich mein Wüthen,
Ich liess von ihr mit hartem Groll
Und warf mich wild aufs Lager.
Tiefes, spinnewebenes Dunkel kroch ins Zimmer,
Keinen Athemzug von ihr vernahm ich
Und lag wie todt.
Da neigte sie zu mir ihr schönes Haupt,
Und Thränen fielen von den milden Augen
Und thauten nieder mir zur heissen Stirne
Und wuschen weg die wilde Wuth,
Das heilige Taufnass ihrer grossen Liebe. — — — —

Wenn mich die Welt zum Weinen zwingt,
Gedenk ich deiner Thränen, Heilige,
Und scheuche fort die schmerzenlösenden.
Ich bin nicht werth,
Zu weinen.

Aus der Suserzit.

Züricher Ode, Hymne oder dergl., gespickt mit
Klopstocks Ode Nr. 20.

Trübsal, Trübsal! Wehe, mein Kanapee
Schwankt wie ein Schiff im drehenden Taifunwind,
Und im Kopfe, entsetzlich! schwankt mir,   ·
Ach, mein Hirn, als wollt' es verdunsten.
Tief in die Kissen wühl ich den schmerzenden,
Brennenden, glühenden, tobenden Kopf ein,
Stehen möcht ich auf ihm und recken
Hoch empor die Beine im furchtbar'n
Seeweinsuser-Katzenjammer.
Kater, Kater, entfleuch' elendiger,
Hebe dich weg, du struppige Bestie,
Oder ich recke entgegen das Bild dir
Salzigen Härings!

Schwapp! Er entfloh. Nur leise, krümelig
Zwickt mich's und zwackt mich's ein wenig im Haupte,
Aber der urgermanische Kraftmensch
Trägt mit Würde die kleinlichen Tücken;

Ganz besonders, wenn klassisch gebildet er
Und poetisch beflügelt sein Geist ist.
So bei mir. Erfreut durch die Katerflucht
Nacherinnerungsselig, umgaukelt
Von zwei innerlich leuchtenden Sternen
(Physisch unmöglich dünkt mich das Bild zwar.
Aber die gütige lyrische Muse
Ist nicht peinlich in derlei Dingen),
Und durchschwirrt von klingenden Versen
(Fremden, eignen), — so schreit ich im Zimmer hin
Langen Schrittes und — Klopstock verzeih' es mir! —:
Es erhebt sich in lässigen Rhythmen
Aus dem dunstigen, nebligen Mostgeist,
Der mein Hirn in schmählichen Banden hält,
So ein odenartiges Etwas.
Im Gymnasium wohleingehämmerte,
Heute schier wildgewordne Citate
Summen wie Hummeln durch diese Rhythmen, —
Ach, ich glaube, ich habe den Kater-
Teufel ausgetrieben mit dem
Beelzebub der Odendichtung!
Nicht aus dem Kopfe will mir die zwanzigste
Klopstockode, schon sicher hundertmal
Deklamirt ich mit grosser Inbrunst:
„Schön ist, Mutter Natur, deiner Erfindung Pracht'"
Nein, hinaus auch muss dieser Beelzebub,
Weggeschwemmt muss werden das Hummelvolk
Fremder wohlgemessener Rhythmen
Und der eignen regelvergessenen.
Her, Papier, du firnschneeleuchtendes,

(Ist das Bild nicht, als wär's von J. H. Voss?)
Nimm sie auf, die kribbelnde Versbrut, nimm
Auf mein Lied auf den Zürichberg!

Mostzeit war's, und auf dem Kopfe stand
Zürich mitsammt der Züriburgerschaft,
Allen voran die dütsche Studentli. —
Schön zwar däucht mir immer der Zürichberg,
Ob er im blühenden Obstbaumschmucke,
Oder im glitzernden Schneemannmantel
Oder in bunter Herbstgewandung
Gelb und roth und grün und braun steht, —
Aber am allervortrefflichsten macht sich
Dieser brave, alte Junge,
Guckt man ihn an zur Zeit des Susers,
Wenn die Augen so ganz besonderlich
Keck-verwegen die Welt betrachten,
Und das Weltbild wundernärrisch
Ab sich spiegelt im heiteren Auge.
Seewein, junger, der du das Auge klärst,
Scharf es und jugendlich-heiter machst:
„Komm' und lehr' auch mein Lied jugendlichheiter sein!" —
Mostzeit war's, — ich sage das doppelt,
Wie man doppelt um diese Zeit sieht
Allerlei, und weil es sich wahrlich
Lohnt, so löbliche Dinge doppelt,
Dreifach und noch öfter zu sagen:
Mostzeit war's, und auf den Zürichberg
Kletterten höchst fidel wir, einige
Junge Gesellen und Meidli, Meidli —

Ach! vorzügliche Meidli waren's:
„Sanft, der fühlenden Fanny gleich",
War Johanna, eines Professors
Sinnig-echte Professorstochter,
(Logik las der Papa; wie schlief sich's
Ausgezeichnet in diesen Stunden!)
Aber „schöner, ein froh Gesicht"
Schien meinem Herzen die braune Marie;
Ausgelassen und keck wie ein Sperling,
Hüpfend und trällernd wie „Hallers Doris",
Hatte das Mädel zwei braune Zöpfe,
Hatte zwei braune lustige Augen
Und zwei rothe, kusslockende Lippen.
In den braunen Zöpfen steckten
Neckisch flatternde rothe Schleifen,
Aus den braunen Augen guckten
Närrisch lustige Liebesgeister,
Von den rothen Lippen kamen
Reizende Worte der Heiterkeit.
Lustig ist's in solcher Gesellschaft
Unter klarem, herbstlichem Himmel
Durch das raschelnde Laub zu waten,
Epheugewinde den alten, mürrischen
Waldesriesen frech zu entreissen
Und um Brust und Hut der Liebsten
Höchst galant und höchst kunstfertig
Aber vorzüglich mit ganz bedeutender
Langsamkeit herumzuwinden.
Gott! Wie sahen in solchem Schmucke
Allerliebst und höchst possirlich,

Schier mythologisch-dryadenmässig
Unsere kleinen Mädel aus!
Aber galante Ritterdienste
Werden belohnt von zärtlichen Händen,
Und nun schlingt Marie mit zarter
Hand mir riesige Epheuranken
Dito so um Hut als Brust.
Oh, gefährlich nahe Berührung
Mit den kleinen warmen Händen!
Und der Blick, der kritisch musternde,
Ob die Epheublätter auch künstlerisch
Wohl bemessen und wohl vertheilt
Meinen alten Filz umrankten, —
Dieser Blick, ach, dieser Blick hat
Meinem Herzen den Stoss gegeben:
„Schon verrieth es beredter
Sich der schönen Begleiterin."
Was verrieth's? Verrückte Dinge!
Wie verrieth's? Auf närrische Weise!
Der Verrath bestand in warmen
Eisenklammerhaftgewichtigen
Händedrücken, die durchaus nicht
Schmerzhaft waren, und im Stolpern
Auf dem Wege, den wir beide
Keines einz'gen Blicks mehr würdigten;
Weiss nicht, wie viel mal wir stolperten,
Während unsre Augen einzig
Ineinander blicken mochten,
Und wie oft ich deshalb fester
Sie zu fassen mich natürlich

Dann genöthigt sah. Das Ende
War, dass wir uns fortgestolpert
Von der übrigen Gesellschaft.

Ganz allein im rauschenden Walde . . . . .
Links stieg herrlich empor der hohe
Eichenforst im melancholischen
Herbstgelb; tausendfältig, leise
Lösten sich die zitternden Blätter
Von den Zweigen der Riesenbäume,
Rauschten, knisterten drehend herunter —
Todtes Laub zu todtem Laube.
Rechts hinab: die gelben Wiesen,
Wirr durchsetzt von knorrigen Bäumen,
Rothen Dächern, schillernden Wassern,
Kirchthurmspitzen, Hecken, Gängen —
Wirr und friedevoll zugleich; dann
Stadt und See und Seegelände;
Drüben schwarz der alte Uetli,
Borstiger Kopf der Albisschlange,
Die sich dunkel-wellig hinzieht,
Bis in weiter, grauer Ferne
Zackig ein paar Alpenspitzen
Bläulich-weiss herübergrüssen.
Hier allein mit meinem Mädel . . .
Trefflich wär's hier Zeit gewesen,
Sentimentalische Seufzer zu hauchen
Bei der Blätter heimlichem Fallen,
Oder den Weltengeist zu grüssen
In erhabenen Dithyramben,

Der von den Tödispitzen herüber
Winkt aus eisigen Einsamkeiten, —
Aber ach, aber ach, weltlich verdorben,
Ganz modern und unklopstockisch,
Fanden wir beide nicht Seufzer noch Worte,
Ob auch die Lippen nicht ganz unthätig;
Schamlos, ach, im Angesichte
Von ganz Zürich, Seeland, Üetli,
Zürichberg und Alpen-Kette,
(Wird die schwarze Tinte roth nicht?!)
Küssten wir uns gar wild und hitzig.
Eng verschlungen blickten wir selig,
Selig über die herrlichen Bilder,
Die Natur uns ausgebreitet,
Blickten uns tief dann in die Augen,
Lasen darin die schöne Deutung
Von Natur und ihrer Liebe.
Wortelos in stiller Andacht
Tranken unsre Seelen Schönheit,
Liebe, Frieden, — und des alten
Klopstocks Geist, will mich's bedünken,
War uns freundlich gegenwärtig,
Ob wir auch nicht deklamirten
Und verzückt die Arme schwenkten,
Sondern einzig fest uns drückten
(Ganz zerquetschend dich, o Epheu!)
An die übervolle Brust.
Klopstocks Geist! . . . Nicht wollt ich spotten,
Da ich deiner Verse wenige
Hingestreut in dies unernste,

Sehr nachlässig rhythmisirte
Sauseweingedicht, doch Sünde,
Mein' ich, kanns' nicht sein, wenn heute
Wir als Kinder unsrer Tage
Uns nach unsrer Weise freuen,
Uns mit andren Mädchen anders
Auf dem Zürichberg vergnügen
Und auch andre Lieder singen.
Wenn auch nicht mit tausend Seufzern
Und mit thränennassen Augen,
Aber doch mit vollen Herzen
Fühlen auch wir naturverbunden
Angerührt im tiefsten Innern
Uns von Schönheit und von Liebe.
Und noch eins, da grad' ich's denke,
Und heraus will das Citirwort,
(Ohne Aufhör' molestirt's mich):
Uns auch, Vater Klopstock, glaub' es,
„Reizvoll klinget des Ruhms lockender Silberton".
Aber Bahn und Ziel ist anders.
Aufgebaut hat sich das neue
Deutsche Reich auf Blut und Eisen,
Thatgewaltig, waffendröhnend
Geht ein neuer Geist auf Erden;
Neue Noth ist wach geworden;
Stürmische Liebe zu neuer Wahrheit,
Die kein Phantasietraum bleiben
Mag im sehnenden Menschenherzen,
Drängt und treibt in uns nach Leben,
Kampf und That und Sieg-geniesen:

Erbteil auch von dir du Sänger,
Der begrüsst die Morgenröthe
„Fränkischer Freiheit", der dem grossen
Deutschen Vaterlande aus hoffender
Seele manch' odischen Glückwunsch widmete.
Sei getrost, die Ur-urenkelj
Sind nicht ganz der Art entschlagen!
Wach erhalten als löbliches Erbtheil
Haben sie treu auch das im Herzen
(Und im Gaumen, auf der Zunge,
Einige auch auf der rötlichen Nase),
Was du zart ausdrückst im Verse:
„Fröhlich winket der Wein".
Zwar, es haben die trefflichen Münchner
Bräuermeister, welche bescheiden
Ehemals nur isarischem Volke
Ihren wackeren Malztrank boten,
Aufgerichtet über das ganze
Vaterland die lachende Herrschaft
Ihres flüssigen braunen Brotes,
Und vieltausend Kehlen opfern
Schluckgewaltig Gambrin dem Blonden
In unzähligen Wirthshausstuben,
Aber in tausend fröhlichen Herzen
Glüht auch heute noch nicht geringe
Heisse Verehrung dem bakchischen Trank.
Auch die braune Marie begehrte,
Als wir uns satt geküsst und gesehen,
Aeusserst energisch, den Suser zu kosten,
Und wir eilten hinauf die Höhe,

Wo das „Schlössli" keck und lockend,
Weit berühmt durch Rebensäfte,
Ueber die lachende Gegend schmunzelt.
Lauter Zuruf grüsste uns Beide.
Sassen bald mitten unter den Frohen,
Die in unbegreiflicher Neugier
Kunde wollten von unserm Privatweg.
Aber wir schwiegen, nur listige Blicke
Sandte Marie aus den braunen Augen
Ueber den Rand des Glases herüber,
Und die Füsse unter dem Tische
Traten, als gälte es Orgel zu spielen.
Und fürwahr, beim heil'gen Sebastian,
Unserm herrlichen Bach, dem Meister,
Der den dicken Notenköpfen
Himmlischen Geist einhauchte, Musik war's
Wahrlich, die wir uns so erschufen.
Alle Register der Lebensfreude
Waren offen, es hing der Himmel
Voller Geigen und voller Flöten.
Schliesslich sangen auch unsere Kehlen,
Aber stellt mich auf den Kopf und
Schüttelt mich, ich weiss doch nimmer
Anzugeben, was für Lieder.
Hört' ich doch nur eine Stimme, —
Herzig weich und voll und tief klang,
So ein schöner Frauenalt, die
Stimme meines braunen Mädels,
Und vor Rührung kam ich Esel
Regelmässig aus dem Takt. — —

Abstieg dann im klaren, kalten
Mondenschein. Am Arme traulich
Hing mir meine liebe Braune,
War ein bischen still geworden,
Schlug so seltsam seelenkündend
Ihre braunen, lieben Augen
Auf zu mir, ich drückte fest sie
Mir zur Seite, Bein an Beine
(Gott verzeihe mir die Sünde!)
Schritten wir: „Mein Herzensmädel!"
Sagt ich nur. „Ach, du mein Guter'"
Sagte sie, — o herrliche Zwiesprach'.
So durch Zürich's bergige Gassen,
Lautbelebt vom Susergeiste,
Gingen wir hin zweisam alleine,
In die Augen blickten wir tief uns,
Sah'n uns bis auf den Grund der Seele,
Und erblickten im Herzen des Andern
Unser von Liebe gehegtes Bild.
Worteloses, tiefempfundenes,
Selig zufriedenes Nebeneinander!
In Mariens dunkler Hausflur
Noch ein ewiger Abschiedskuss.

Innocentia.
(Nach Franz Stucks Gemälde.)

Der klare Blick gradaus, weit in Welt,
Und eine Welt in diesem klaren Blicke:
Da ruht die Liebe und der Schmerz im Traum,
Und Schönheit schlägt die Wogen drüber her
Wie Frühlingswind. Der schlanke Lilienstengel
In weisser Hand ragt unbewegt und heilig.

Die Augen schloss ich, und dasselbe Bild
Sah meine Seele, ganz denselben Blick,
So voller Reinheit, Schöne und voll Liebe,
Doch statt des Lilienstengels ruht im Arm
Ein schlafendes Bambino. Mutterunschuld!

Die Welt schien mir an diesem Tage schön.

Abend.

Die grauen Geierfittiche der Nacht
Rauschen über den See.
In seinen erzenen Fängen hält der Riesenvogel
Die Leiche des Tages.
Ein Blutspur hinter ihm her
Wellt nach Westen.
Die schwarzen Augen des Waldes
Heben die Nadelwimpern
Und starren stumm
Dem Fluge des Räubers nach,
Dem eine Schaar verdrossener Schatten folgt.
Vom Himmel herunter
In frostigen Winden
Haucht ein Gedanke:
Auf schwarzen Schwingen
Schwebt alles Leben
Schweigend
In das Thal des Todes.

Wenn wir alt sein werden.

Wenn wir alt sein werden,
Wenn der Ruhe Dämmerung
Leis in immergleichem Athemzuge uns im Herzen haucht,
Wenn das Auge matt und milde blickt,
Kältre Farben sieht und flockigen Umriss,
Wenn der Hände Drücke,
Altersfaltenweich,
Immer abschiednehmender, zag sich fühlen,
Wenn das Hirn,
Von Erkenntnis starr, immer kälter wird,
Und der Hoffnung warmer Taubenflügelschlag
Nicht mehr linde Glücksgedankenwellen schlägt,
Wenn an Rosen-Statt
Herbstzeitlose blasst . . . :
Sonne, Sonne!
Du auch wirst mir dann verbleichen,
Die ich kindlich und anbetend liebe.
Eine Wärme nur,
Eine Liebe nur,
Nur einen Glaubennnda
Werd' ich mir wahren:
Dich
Du Traumvergangene,
Heilige.

Am Kamin.

Draussen bläst der Wind und fegt
Flocken an die Fensterscheiben,
Mürrisch patrouillirt der Mond
Hinter dicken Wolkenwällen.
Am Kamin sitz ich und stütze
Meine Füsse auf das Gitter,
Und ich starre in die Gluthen,
In das heisse, helle Sterben.
Wie die Flammenzungen zucken,
Diese rothen Schlangenzungen;
Kleine blaue Flackerflämmchen
Beben wie erschrockene Seelen,
Und gluthgoldene Flammenschwerter
Stossen unablässig blitzend
In die leere Luft.
Hinter mir auf eichenem Tische
Singt der Samovar sein leises
Seufzerlied, auf dem Gesimse
Des Kamins tickt silbertönig
Die Pendüle; wie in Aengsten
Fegt die goldene Pendelscheibe
Hin und her.
Sinkt mir auf die Brust der Kopf,
Bebt's im Herzen mir wie Traum:
„Mai und Blüthen, Mai und Blüthen,
Erster Sang der Nachtigallen,
Zwischen duftenden Syringen
Haben wir die Nacht durchküsst — —"

Haben . . wir . . die Nacht . . durchküsst . .
Aus dem tiefsten Herzen tauchen
Mir die Verse wie ein Träumen, —
Aber glaub' ich diesem Traume?
War es denn, das warme Leben
Mit den heissen, nahen Lippen?
War es denn?
Eis ist in mein Herz gefrostet,
Hartes Eis, hell wie Erfahrung,
Undurchdringlich starre Kruste,
Die kein Hoffen mehr durchbricht;
Schnee ist auf mein Haupt gefallen,
Schnee, den keine Sonne schmelzen,
Den kein Lenz verjagen wird.
Kalt und leer und stumm und farblos
Ist die ganze Welt mir worden,
Seit ich ihres Herzens Wärme
Nicht an meiner Brust mehr fühle,
Seit mir ihres Herzens Fülle
Nicht mehr lebt in tiefer Liebe,
Seit ihr Mund verstummt,
Der so innig sprach,
Seit ihr blaues Auge
Stier im Tode brach.

In den Flammen nur ist Leben.
Und dies Leben ist das heisse,
Jache, ungestüme Sterben.

6*

Musette.

Nach dem Gedichte in Mürgers „Scènes de
la vie de Bohème".

Die erste Schwalbe, sie ist schuld daran
Mit ihren zwitschernd frohen Frühlingsgrüssen,
Dass ich gedachte der verlorenen Süssen,
Die zärtlich mich geliebt einst — dann und wann.

Nachdenklich stille ward ich, und ich blieb
Erinnerungsselig, selig, da ich träumte
Von jenem Jahr, da hoch die Freude schäumte:
Musette, ach! wie hatten wir uns lieb!

Und diese Liebe, Kind, sie starb nicht, — nein
Feurig lebendig ist Dein Angedenken,
Und kämst Du heut, Dich wieder mir zu schenken:
Jauchzend, Musette, liess mein Herz Dich ein.

Dein denkend, Schatz, loht's auf in hellen Flammen,
Oh Muse du der Unbeständigkeit.
Oh komm! Nur einmal noch mit mir zusammen
Iss das gebenedeite Brod der Heiterkeit!

Wie glanzlos öde ist's sonst um mich her.
Heut strahlt mir hell der Schauplatz unsrer Freuden
Festlich wie ehedem. Dürft ich es deuten
Als frohes Zeichen Deiner Wiederkehr?

Oh komm, oh komm! Wirst Alles wiederseh'n,
Das traute Wenige, das ich besass:
Das kleine Bett und auch das grosse Glas,
Das oft Du leertest auf mein Wohlergehn.

Dann lege an, mein Schatz, Dein weisses Kleid,
In dem so schön mein süsses Lieb mir schien,
Und lass' uns Sonntags aus den Mauern flieh'n
In grüne, rauschende Waldeinsamkeit.

Dort woll'n wir lachend unter hohen Bäumen
Froh alles Leid vertrinken, bis zuletzt
Die Flügel Deines Liedes, feuchtbenetzt,
Hoch auf sich heben wie Champagner schäumen! . . .

Verbraust der Carneval . . . Müsett' gedachte
An alte Zeit und an das alte Glück,
Ein Frühlingswind den losen Vogel brachte
Mir eines Tags ins alte Nest zurück.
Doch ach das Herz, das einst so feurig wallte
Kalt ist's geworden mir in langer Frist:
Müsette, die nicht mehr Müsette ist,
Sagt mir, ich sei nicht mehr der Alte.

Leb wohl! Leb wohl! Die Jugend ist vorbei!
Sie starb mit Dir, Du starbst mit unserer Liebe.
Kalt ist mein Herz, todtstarr die heissen Triebe,
Und freudlos gähnt mich an ein graues Einerlei.
Das Spiel ist aus . . . Nur manchmal klingt's mir leise
Im Herzen wie Erinnern jener Zeit,
Ein traumhaft Tönen, Schwingen, — eine weit
In blauer Ferne angestimmte Weise . . .

> Keine Grisette
> Aus Paris
> Und nicht Müsette
> Die Kleine hiess:
> Das lustige Katherl,
> Ein münchener Maderl.

Blick ins Trübe.

Unruh im Herzen und Verzweifelung,
Gähren und niederdrückende Schwere,
Mich selbst veracht' ich und Keinen lieb' ich, —
Keinen.
Ich blick hinab in die Gassenhast:
In den Unrath blick ich gemeiner Triebe.
Hetzend und lärmend mühen und kämpfen sie,
(„Schuften" nennen sie's selber),
Ich!! ist die Losung — und Wunden, Wunden,
Jede Minute schlägt millionenfach
Tiefe, brennende.
Vorwärts, vorwärts, immer in Wuth,
Drängend, schiebend, zu Boden schlagend,
Ueber die fallenden, krümmend sich windenden
Sterbezuckenden Leiber der Anderen,
Vorwärts, vorwärts jagen die Rasenden, —
Wohin denn? Wohin?!!
Wozu dies Peitschen und Spornen und Stacheln,
Wozu dies Heulen und Gellen und Kreischen,
Wozu dies Lauern und Schleichen und Kriechen,

Wozu, Hallunken, dieses gemeine
Hasten und Lärmen? —
Was treibt sie und schleppt sie? — —
Es schleppt sie der Bauch, der vor ihnen hängt
Ihr hungriger, immer gefrässiger Gott,
Herrscher, König, höchstes Idol:
Der ist es, der sie alle bewegt,
Der Gott-Gott B a u c h —
Hallelujah!

Nach Bildern von Hans Thoma.

I.

Sonnenuntergang.

Aus dämmergrauer Wolke fällt stechend-
hellblutiges Roth herab, zischend ins graue,
flockende Spiegelbild der Wolken im Wasser.
Es zuckt und zittert, flimmert und flackt über
das dunkle Grau und verscheidet bebend im
molligen Schattengewebe. Buschige Bäume
runden sich weich zum wolkigen Grau hinauf.

Leiser Athemzug der Nacht.

Aus allen Winkeln geistert im Husch tag-
schlafendes Fabel-Gesindel her. Ein lüsterner
Faun schreckt eine Badende auf. Die läuft mit
fliegenden Haaren, fliegenden Brüsten davon,
vom flatternden Laken kümmerlich eingehüllt.
Wie ihr das Herzchen hämmert vor Schreck,
vor Schreck! Der bocksbeinige, geile Tölpel

stützt sich mit plump triumphirendem Grinsen
auf seine haarigen Schenkel. Ueber seine
hartbraune und über des Mädchens rosazarte
Haut läuft wie tropfendes, flüssiges Gold das
gleissende, hellblutige Roth der untergehenden
Sonne.

⚜

II.

Landschaft mit Ritter.

Im Thale unten die blaue Tiefe, grau am
Himmel jagende Wolken; langsam reitet, die
Lanze im Arm, auf braunem Rosse ein schwarzer
Ritter; rothe Ebereschentrauben leuchten aus
dunklem Grün heraus wie offene Wunden...

⚜

III.

Idylle.

In rosafarbenem Kleide, den Korb mit
Blumen im Schooss, sitzt und träumt, wachend,
im blumigen Gras die kleine, niedliche Schäferin,
blickt hinaus in die webende Ferne, weit,
weit, weit. Mildes, junges Glück, frauliche Huld
lacht aus den braunen, sehnsuchtfeuchten Augen.

In allen Prächten junggesunder Nacktheit
liegt ihr zur Seite der braune Knabe im Schlaf.
Ueber sein frisches Antlitz geht leicht wie
Hauch ein spitzbübisch Lächeln seliger Erinnerung. Was im Wachen sie denkt, schaut
er im Traum . . .

Ein tiefer, blauer Himmel strahlt freundlich
herein über die Spitze des Berges auf das
heimliche Naheglück der Beiden. Leicht
wispern die Zweige der Büsche und Bäume,
und die Blumen im Grase leuchten wie lachend.

IV.

Flötender Faun.

In Stahl gehüllt, auf weissem Ross, reitet
ein Ritter durch dämmernden Wald. Von der
verscheidenden Sonne träuft goldig mattes Licht
durch die ruhenden Blätter.

Sinnenversunken reitet der Ritter, es tönt
ihm im Herzen klingende Klage, flötende Freude,
schwellend, quellend, leise im Hauch.

Was er im Herzen klingen hört: in die
Abendluft, in den Schatten der Bäume, seinen

ruhenden Hirschen bläst es der junge Faun
auf dem Rohre.

Klage des Herzens, Stimme des Schilf-
rohrs, mattes Verglühen der goldenen Sonne,
webender Dämmerzauber des Waldes, Rascheln,
Rauschen: es verklingt in die schwarze Nacht; —
in schwarze Nacht reitet der träumende Ritter.

V.

Parkaussicht vom Fenster.

Am Fensterbrett ein weisheitsträchtiges
Buch. Leichtsinnige Blumensträusse rechts und
links lachen es aus. Denn, der es lesen soll,
weitet den Blick über unendliche, blühende
Schönheit, bettet das saftige Wiesengrün,
schwankendes Buschwerk, blauenden Himmel,
bettet das Bild der schönen Freiheit lieber,
lieber in sein Herz, als die protzige, buch-
stabenklotzige Weisheit.

Trab!

Gern wohl möchte mich die Braune.
Doch ich soll erst karessiren,
Redebutterbröde schmieren;
Dazu hab' ich keine Laune.

Komm und küss' und sei vernünftig.
Spiel' nicht lange erst die Spröde!
Schönste Schmeichelbutterbröde
Und noch mehr bekommst du künftig.

Von rothen Backen las ich diesen Spruch:

Bauernmädel rundes,
Bauernmädel gesundes,
Bauernmädel schenkelstramm
Haut die ganze Welt zusamm'.

Rathskellergelöbniss.

Graue Nebelsäume von den feuchten
Riesenregenmänteln der Giganten,
Die sich oben schwere Wolkenballen
An die Schädel schleudern, schleppten träge
Durch die tristen Strassen, regenträchtig.
Dass die Sonne irgendmal geschienen,
Dass ein Vogel irgendmal gepfiffen,
Dass es irgendmal geblüht in Düften,
Und dass irgendmal mein Herz geliebt:
Ganz unglaublich schien mir der Gedanke.
Und ich warf um mich den Wettermantel,
Drückte in die Stirne mir den Schlapphut,
Streifte hoch die Unaussprechlichen
Und begab in düstren Monologen,
Quersprungeilig Pfützenbäche nehmend,
Mich zum Porterhafen: Rathhauskeller.
Betti schwieg heran mit den Bouteillen,
Denn sie sah, ich war nicht hörelustig,
Zog mit leisem Gluck heraus den Pfropfen,
Setzte schweigend vor mich die Geschwister:
Den brünetten Porter, den Matrosen,
Der zu Boden boxt die stärksten Männer,
Und das milde, blonde Fräulein Ale,
Das so leis dich nimmt in seine Arme,
Bis dir dumpfer Schlaf Vergessen schaukelt.
Auf dem weissen Linnen, mir vor Augen,

Hinter dem Geschwisterpaar der Flaschen
Stand die Glitzerreihe schlanker Gläser,
Drüben baute sich in grünem Glänzen
Massig auf der dicke Kachelofen.
Ringsum Gläserklirren, Tellerklappern,
Stimmenschwirren, Hin und Her und Lachen;
Unten stampft die Dynamomaschine,
Die das weisse Licht uns fleissig spendet.
Schweigend sass ich in dem Lärm und träumte.
Blauen Himmel sah ich, grüne Wiesen.
Stand die gelbe Sonn' am blauen Himmel,
Rothe Blumen standen auf der Wiese.
Und ich ging mit meinem blonden Mädel.
Hatte blaue, himmelblaue Augen,
Hatte sonnengelbe, goldene Flechten,
Hatte blühendrothe, heisse Lippen.
Und es sprach zu mir das goldene Mädel,
Leise Worte sprach sie, wie das Flüstern,
Das von Frühlingswinden durch die schwanken
Blüthenstengel geht und Riedgrashalme,
Und sie sprach in leisen Frühlingsworten.
Wo ein Komma stünde nach den Regeln
Der Grammatik, stand in diesen Sätzen
Warm ein Kuss, und wo der Punkt sich ziemte.
Kam Umarmung, pausenlang und innig.

Also gingen wir durch weite Wiesen,
Ueber uns der grosse Liebesorden,
Wie ein Symbolum: die goldene Sonne.
Und ich sprach zu meinem goldenen Mädel.

Sprach in heissen Worten, wie der Sommer,
Der die Rosen küsst, dass sie erbeben
Und die Blüthenköpfchen zitternd senken, —
Und sie zitterte wie eine Rose . . .

Träumte ich? Mir ging es durch die Seele
Wie ein Leben warmer Wirklichkeiten:
Was gewesen, wurde mir lebendig,
Todte Seligkeiten lebt ich wieder.

Braun und blond vor mir in bunter Reihe
Standen die Geschwister, dreigedoppelt,
Stampfend rief die Dynamomaschine:
Himmel, Herr, was ist das für ein Träumen!
Lebe doch! Und nicht bloss mit dem Herzen,
Leb mit Hand und Mund und allen Sinnen.
Sammle deinem Alter Stoff zum Träumen,
Aber, jung noch, lebe, lebe, liebe!

Aergerlich klang diese Stampfepredigt,
Und ich ging hinaus. Die Nebelsäume
Hatten sich gehoben, heller Abend
Strich mit lauen Winden durch die Strassen.
Fröhlich ward mein Herz, und ein Gelöbniss
Schlug in seinem blutquellheissen Pulsen:
Fort mit Träumen! Meine Jugend lebe!
Leben will ich, leben, leben, lieben!

Fasching.

Introduktion.

Buntes Gewühl, es wirbeln und flirren
Tausend Farben in tollem Gemenge,
Taumelnde, jauchzende Töne schwirren,
Suchende glühende Blicke irren
Durch das Gedränge.

In all' dem Trubel — ich suche nur Eine:
Reizender Racker, was läufst du so schnelle?
Kaum, dass ich wieder zu haben sie meine,
Ist sie verschwunden, die zierliche, kleine
Pollichinelle.

* * *

Nebenbei.

Mit dem Fächer spielen,
Mit den Augen zielen,
Jede kann die Kunst famos;
Jede lernt das schnell,
Die kleinste Nähmamsell
Ist auf diesem Gebiete gross.

* * *

Walzer.

Ein Walzer hebt sich säuselnd an
Mit hüpfendem Bogenspringen,
In breitem, rauschendem Striche dann

Beginnt er sein lockendes Singen.
Er schmeichelt in das Herz sich ein
Den zart beschwippsten Mädchen,
Nun ist die Ruhe bitt're Pein
Elektrisirten Wädchen.

Frei und geheim ist hier die Wahl;
Such, Freund, dir irgend Eine
Und schwenke sie rundum im Saal,
Stehst fest du noch auf dem Beine.

. . .

Intermezzo des Jammers.

Himmel und Hölle! Was muss ich da sehen!
Meine kleine Pollichinelle,
— Himmel und Hölle! —
Hingeschmiegt in lustigem Drehen
An die breite Brust eines langen
Russen, mit lauter Pistolen behangen.
. . . Hol' ihn der Teufel!

. . .

Redouten-Ritornelle.

I.

Bescheidenes Veilchen!
— Na freilich, mein Schatz, wir trinken schon Sekt,
Aber wart' noch ein Weilchen.

II.

Tulpenglocke!
— (Sie wohnt in der Kaufingerstrasse 3,
Hinten, im dritten Stocke.)

III.

Schimmernde Rose!
— Sie isst mich arm in Kalbsfilet
Mit saurer Sahnensauce.

IV.

Schwermüthige Lotosblüthe!
— Von Leibe ist sie dürftig zwar,
Aber üppig von Gemüthe.

V.

Mein Gänseblümchen!
— Ich bin zufrieden, giebst du mir nur
Von deiner Liebe ein Krümchen.

VI.

Strohgelbe Aster!
— Auf dem Maskenfeste spröde sein
Ist ein abscheuliches Laster.

VII.

Duftvolle Syringe!
— Hätt' ich Geld im Sack, ich wettete mit,
Dass ich nach Hause dich bringe.

* • *

Polka.

Eng ihr an die Brust gepresst,
Halt' ich sie fest, halt' ich sie fest,
Drehe mich wild ringsum, ringsum,
Mädel, Mädel, du hübsche, gute,
In meinem Blute
Dreht sich ein Tanz:
Dein bin ich ganz!

Mädel du, Mädel du, magst du mich leiden?
Wir zwei Beiden
Passen zusammen,
Unserer Herzen jauchzende Flammen
Geben wundersamen Glanz.
Dir aus den Augen schimmern sie prächtig.
Mir in den Adern schwellen sie mächtig,
Rasen sich taumeltoll tanzend entgegen
Jubelnd, verwegen,
Schwellend im Glühen,
Im Lodern, im Sprühen
Höllischen, himmlischen Brands!

* * *

Kehraus.

Kehraus. Vorbei der tolle Schwarm.
Wir gehen friedlich Arm in Arm,
Die Meine und ich, nach Hause.
Nach Hause.
Ist nicht die Welt gar wunderschön!
Sieh' wie die Sterne am Himmel steh'n,
Wie sie freundlich blinken.
Dir in die Augen muss ich seh'n,
In dir vergeh'n,
In unsäglicher Lust ertrinken.

Alexandriner.

Dort lag der See gewellt, ein blauer Schimmerplan,
Wie weisse Möven drauf manch schneller Segelkahn;
Das Ufer drüben hell, der Himmel drüber klar,
Wie das doch wundersam, gar heilig heiter war!
Es tuschte noch der Herbst mit feiner Künstlerhand
In Sammetbraun und -Roth Wald, Wiese, Berg und Land.
Unendlich weit der Blick, und umrissreinlich, fein,
Fiel Alles, fern und nah, dem satten Auge ein.
Die Zacken des Gebirgs scharf vor dem Himmelsblau,
Ich sah der Schroffen Grat, der Schründe Spalt genau,
Und wenn zur Dämmerzeit der Mondkahn drüber
                                        schwamm,
War silberüberblitzt der blaue Höhenkamm.
Der fernsten Dächer Roth, der weit'sten Wälder Braun.
Ich sah, wie weit es war, und konnt' es nahe schau'n.
Selbst kleinster Bäche Band, wie Silber eingestickt
Dem Sammetdunkelroth, hab deutlich ich erblickt.

Und heute. Eingebannt bin ich in kleinem Raum,
Das nahe Dorfgehölz seh' ich als Schleier kaum.
Es fällt ein schneller Schnee, breitflockig, dicht gedrängt,

Und hat in leeres Grau mich drückend eingeengt.
Wo ist der See, der Wald, der blaue Höhenkamm,
Darauf der Silberkahn des halben Mondes schwamm?
Wie bin ich plötzlich arm. Ein König im Exil,
Dem über Nacht vom Haupt die goldene Krone fiel.
Er legt von sich den Prunk, die Pracht, die Macht,
den Tand,
Und in sich selbst entdeckt er tief ein neues Land,
Das nie er noch geschaut, das, unveräusserlich,
Ein reiches Königreich: staunend entdeckt er — sich.

Mein Auge ward beraubt, mein Herz ward reich be-
schenkt,
Das in sich selber sich mit stiller Kraft versenkt.

Fin de siècle.
Zwei Phantasiestücke.
An Hermann Bahr.

I.
Traum.

Ich sah im Traume eine Abendröthe, die war
wie wellendes, dampfendes Blut, tief dunkel.

Faul, breit, quoll sie molkig, schwappend
am leeren Horizonte lang gedehnt.

Schwer lag sie: leuchtender Schlamm.

War das die Sonne, die da hinten sank?

Mir schien, und ich glaubt' es im Traum,
glaubt' es mit krampfendem Lachen: ein himm-
lischer Riese, irgend einer der Wandler da oben,
die sich Wolkenfetzen um die Schenkel schlagen,
warf eine faulige Blutorange ins Meer; die
klatscht stinkend auseinander.

Bravo, haariger Lümmel!

Aber da!? . . .

Ein goldiges Zittern zuckt durch die Röthe,
zerfasert die molkige Masse in Helle. Phosphor-
leuchten, perlmutterig Blinken, jagende, tanzende,
stechende Lichter.

Himmel, Himmel! Die Sonne, die Sonne! Die Sonne ist verrückt geworden, sie speit ihr Sternengedärm in die Nacht . . .

Eine riesige Faust droht und greift mit knolligen Fingern nach dem zappelnden Ball.

Da ward es dunkel, und wie silberne Fische schwammen Millionen Kometen durch das Nachtmeer.

❦

II.

Spuk.

Herbstabend. Dämmerung friedet in die grosse Stadt.

Wie der Athem eines Schwindsüchtigen, leise, zag (wird er gleich stocken?) weht der Athem der Stadt.

Zwischen Wiesen und Wäldern, draussen am See, wo die grossen Berge aus duftigen Schleiern schau'n, draussen, ich weiss, liegt über den dampfenden Nebeln müder Modergeruch: ein dickes Parfüm, süss und berauschend, der Busenschweissruch unserer Lieben Frau Natur.

Hier, zwischen den Steinen, ist Alles kalt, ruchlos, wach.

Mich fröstelt.

Die Strahlen des Mondes stossen mir weh ins Auge.

Ueber den breiten Platz, herauftauchend aus dem buschigen Dunkel eines Bosketts, zittert im Zickzack ein schlottriger Kerl auf mich zu.

Ist denn das ein Mensch?

Er schielt mich von unten an.

Kaltes Mondlicht silbert aus seinem Auge speerspitzig.

Mach', dass du wegkommst, zuckendes Räthsel

Da lacht er. Wie schrilles Gläserreiben klingt sein Lachen. Wie scharfe Glassplitter fährt's mir durch die Nerven.

Ein Schnitt im Rückgrat:

Herz und Hirn vergeht mir, die grünen Augen des Mannes saugen mich auf.

Ich sinke in eine schreckliche Seele voll spiegelnder Klarheit.

Durch eine fremde Seele blick' ich in die Welt.

Ich bin nicht mehr ich.

In einem krystallenen Prisma bin ich eine Fläche:

Ein Auge, das in fremde Herzen schaut, —

Ein Auge, das fremde Gedanken sieht, —

Ein Auge, das dumpf schlafender Gefühle Werden erblickt — — — — — — — — —

— — — — — — — — — — — — —

Da drüben geht einer und blickt zu Boden. Hm, den sollt' ich kennen . . .

Ich seh' in sein Hirn.

Pfui, was da für Würmer wimmeln!

Gifttriefende Mäuler schnappen einander auf.

Keine Ruh', keine Ruh'! Immer schlingt schleimig phosphorescierendes Gedärm durcheinander.

Bürschchen: Du bist auch einer von den Sterbenden.

Mit Deinen Sinnen willst Du Dich in die Erde krampfen und mit Deinen Gedanken in die Ewigkeit klemmen. Alle Weisheit der Welt ist Dir ein hohler Zahn, in dem Du stocherst, und das thut Dir weh, Du armes Geschöpfchen.

Möchtest resolut leben und zerrst an Deinen Nervensträngen, wie an den vergriffenen Saiten einer alten Harfe und schindest Dich selber zu Tode aus Lust zum Leben.

Lass 'mal seh'n:

Lagst eben zu Hause und schriebst Verse, Verse von seligmachenden Augen, und Dein Herz schwoll in Höhe und Heiligkeit.

Langtest in einen Lorbeerbusch nach einem dunkelgrünen Kranze, durch den die Sonne bronzegolden schien.

Oh, da oben!

Ja, ja, Du warst in einem Himmel Deines Herzens, hoch, hoch.

Aber nicht lange, Du armes Thier. Nicht lange.

War es nicht ein Riss, der plötzlich durch Hirn und Herz Dir fuhr?

Stieg aus dem lebenrauschenden Meere Deines Blutes nicht ein dicker Schlamm drängend empor?

Und aus Deinem Himmel fielst Du unendlich tief, ja unendlich: bis dahin, wo Deine Füsse steh'n.

Deine Verse schienen Dir geschwätzige, gold-papierene Lügen. Ekel packte Dich an dem ewigen Hämmern des Herzens, an dem ewigen Hasten des Hirns.

Muthlos, ruhelos liefst Du fort.

Im Menschenhaufen liefst Du, schobst in der Heerde. Da kroch Dir die Wollust durch den Leib und kitzelte Dein Auge; aber nicht die Wollust, die selig macht, nicht die schöne, kräftige, speerwerfende Göttin mit dem blauen Blitzeblick, mit dem brustanpressenden, vollen Arm, — nein: die schielende, zielschwache Wollust, die sich mit Gedanken balgt, die sich selbst verachtet und sich selber tödten will aus Ekel ihres Seins.

Ein hübsches Mädel wartet auf Dich hinter Blumentöpfen im kleinen Erker. Sie wartet mit einem warmen Herzen, das nur Dir gehört, mit einem warm lebendigen Leibe, der nur zu Dir sich drängt.

Nach Rosen riechts in ihrer stillen Stube, in der der Frieden wohnt, und die Sonne stäubt Gold durch ihre Fenster.

Ihre kleine, frühlingsjunge, heisse Brust bebt nach Dir!

Und Deine Gier denkt nicht an sie.

Die hässlichste Hure von der Strasse nahmst Du, alt, fett, schmutzig.

In ihrer ekelhaften Kammer, darin das Elend hockt und das Laster lungert, wo die staubverhangene Spinnewebe triefenden Thierthums über alle Ecken hängt, in dem stinkenden Winkel schmutzigster Verkommenheit hast Du Deine Wollust gemordet.

Hattest keinen Ekel an dem fetten Leibe, sahest lange auf die rothblauen Gruben, die das schweissschmierige Corsett hineingegraben, sahest auf die hängenden, leeren, kalten Brüste und sahest in die erloschenen, modergrauen Augen tief mit schaurender, stumpf bebender Wehmuth.

Kein Wort kam von Deinen Lippen, aber jeder Gedanke stiess Dir ein Messer ins Herz.

Selbstqual war deine Wollust . . .

Nun läufst Du herum mit gesenktem Kopf, und gellende Verse durchrasen Dein Herz, und

Sehnsucht drängt Dich zu der Süssen hinter den Blumentöpfen.

Aber schüttelnd immer wieder erhebt im Sehnsuchtrasen, erhebt im Geranke der kämpfenden Verse die alte Hure ihren Kopf, und Geifer fliesst von ihren Lippen.

Du, mein Bürschchen, nimmer wirst Du die Hässlichkeit los.

Euch Sterbende treibt's in den stinkenden Staub.

Euer Herz heult hinauf in den Himmel, aber ihr müsst hinunter, müsst, müsst!

•   •   •

Da fiel eine feuchte Rose auf meine Stirne, und in mein Herz fiel ein tiefer, treuer Ton.

Fort war ich, weit weg aus der steinernen Stadt, in der die Schwindsucht athmet.

Auf einer abendwindumrauschten Altane stand ich im Försterhause am See.

Oben herunter vom blumentopfumrahmten Fenster sank die Rose.

Und mein Herz hob sich in das Rosenland der Liebe.

Letzte Bitte.

Lass mich noch einmal dir ins schwarze Auge sehn,
Lass mich noch einmal tief ins heisse Dunkel senken
Den trunkenen Blick, dann will ich weitergehn
Und dich vergessen . . . Nur in harter Zeit,
Wenn sich der Sehnsucht Augen rückwärts lenken,
Wenn meine Seele nach Vergangenem schreit,
Dann will ich jenes einen Blicks gedenken,
Des liebeheissen, gütereichen Blicks,
Der mir im Bann versagenden Geschicks
Das Herz zu einem schmerzentiefen Glück geweiht.

Umschlag.

Sturm ist dem Frühling gefolgt
Und grauer Regen.
Wie ein niederes Bleidach steht der Himmel.
Sonne, wo bist du, flammende Sonne des
Frühlings!
Alle Hoffnung wehte der Sturm hinweg,
Jagte sie fort wie das tiefe, leuchtende
Blau des Himmels, auf dem verliebte
Schäfchenwolken in engem Reihen
Heiter wandelten.
Grau, grau, grau . . .
Siehe, sein Riesenpanier
Pflanzte der Tod in den Lenz.
Träge schwankt, breit über die Erde hin,
Dein gewaltiges Banner, Verderber,
Hüllt in kalte Schatten uns ein.
Leise und dicht über mein Herz
Zieht sich der Flor des Grams.
Schlafen, schlafen, träumen von sonnigem Blau
Träumen vom seligen, schönen Lenz,
Träumen von zwei braunen,
Seligmachenden Augen!

Trennung.

Es liegt in mir wie eine Wolke
Der düstre Abend, der uns schied.
Es stand kein Stern am grauen Himmel
Und von den Zweigen klang kein Lied.

Verdrossene Menschen gingen eilig
Im feuchten Dunkel uns vorbei.
Auf nasser Bank verschlungen sassen
Wortlos und herzensbang wir zwei.

Es sah der Mond durch dürre Aeste, —
Auf Deinem Antlitz lag sein Schein
So düster-todt, — mein heimgegangnes
Glück hüllte er in Strahlen ein.

Und wenn Dein Blick, Dein seelenvoller,
Sich hob zu mir, in Schmerzen mild,
Aus ·bleichem Mondenstrahlenglanze,
Da sah' ich meines Schicksals Bild:

Das Schöne, das ich still erdichtet
Und rein im Herzen aufgestellt,
Wie es vor meinem heissen Wünschen
Fliehend in Schmerz zusammenfällt.

Porträtstudie.

Listig liebe blaue Kinderaugen,
Müde, müde, müd' ein wenig:
Ganz tief d'rin lustiger Trotz.
Feine, bogenspitze, schmale Lippen;
Dunkel kirschenroth brennt d'rin
Küssegluth,
Aber es lächelt auch
In den Winkeln des zierlichen Schnörkelschwungs
Neckende Redekunst.
Drunter weich,
Weich und keck,
Springt heraus der lebendige Sammt
Des Grübchenkinns.
Nach oben ein wenig,
Ein ganz klein wenig nach oben schnubbert
Lauschend ein höchst fideles Näschen.
Ueber dem lustigen Augenpaar
Schwingen sich voll, zwei goldene Bogen,
Feine Brauen; sie weisen kokett
Mit ihren letzten, flaumigen Spitzchen

8

Hin auf die rosig-rothen Muscheln
Zweier wunderkleiner Oehrchen.
Aufwärts in elegantem Schwunge
Von dem weichen, weissen Nacken
(Nur ein braunes Fleckchen d'rauf)
Schwingt sich wellenweich das Blondhaar,
Strudelt sich oben fidel und lacht,
Lustig ein wenig vornüber geneigt,
Ueber die kleine, klare Stirn,
Der es zum Schutze
Flirrender, goldener Fäden ein Rieselnetz
Fröhlich überbreitet.
Unter dem Ganzen
Gehen sittig auf und nieder
Warme, weiche, kleine Brüste. . .

Merkreime für Moralisten.

I.

Die Sittlinge müssen sich immer genieren,
Wenn Einer recht herzhaft von Liebe spricht,
Sie denken halt immer ans — Amüsieren,
An des Räthsels Heiligkeit denken sie nicht.

II.

Ihr armen Schächer, wie thut ihr mir leid
In eurer Tugend engem Kleid,
Darunter die Triebe zu Krankheiten werden,
Zu bösen Dünsten und allen Beschwerden
Der Leibeslüge und Heuchelei.
Nie seid ihr froh, nie seid ihr frei,
Denn euer Wahn hat zur Sünde verdacht,
Was Creaturen selig macht.
Des Lebens Quell mit Schmutz zu verschlammen,
Tragt alle Unnatur ihr zusammen;
Was fröhlich, rein, lebendig fliesst,
Wird euch und uns zum faulen Bache,
Zur giftigen Sünden-Unken-Lache,
Wenn eure „Moral" hinein ihr giesst.

8*

Oh Jammermissbrauch mit dem Wort!
Was blüht, ist Leben, todt, was dorrt;
Ihr aber streut Salz auf des Lebens Fluren,
Was keimt und treibt, ist euch verhasst,
Dem Leben grabt ihr ohne Rast
Das Grab, ihr „sittlichen" Lemuren.

III.

Natur, mein Freund, ist immer sittlich.
Der Staatsanwalt freilich ist unerbittlich.
Jüngst hat er ein Andachtsbuch konfiszirt,
Weil sich zwei Fliegen drauf kopulirt.

Lichtglaube.

(An Karl Henckell.)

Gestern die Welt in Grau,
Rieselnder Regen troff,
Himmel und Erde ersoff;
Heute der Himmel blau.
Sonnenschein goldgüssig träuft,
Ueber die Halme läuft
Wogewind lau.

Zürnegotts Reich zerfällt!
Heiteres Heidenthum
Leuchtet das Leidenthum
Froh aus der fröhlichen Welt.
Siegendes Licht zerriss
Hockende Finsterniss.
Alles erhellt!

Sonne!

Nach langen Nebelwochen voll kaltem Schattengrau heute der erste Tag, da sich der Himmel hellt, die Sonne wieder scheint, das heilige Licht des Lebens.

Ich erkenne Dich, gütige Gottheit, und meine Augen beten Dich an mit hellen Blicken, im Lichte beten sie das warme Leben an und saugen seine gütigen, goldenen Strahlen ein mit Kindeswollust, das an der Mutterbrust Nahrung aus heiligem Leibe saugt.

Also trink ich mit strahlenden Augen den Gnadenstrom unerschöpflicher Werdenskräfte mit Lust, der von der Sonne, dem heiligen, liebeflammenden Leibe kommt.

Lebensgluth-schürender Feuerwein sind die goldenen Strahlen der Sonne, und der begnadete, betende Trinker taumelt im Herzen begeisterten

Tanz, ob auch sein Fuss bedächtig hin über der
Erde rauhen Rücken geht, denn seine Seele ist
auf der Sonne, denn seine Seele brennt in den
Gluthen lebenschenkender Güte.

In der seligsten Liebesbrunst brennt sie,
tanzgewirbelt ein stäubender Funken in dem
riesigen Sonnenfeuer, sie, auch sie ein jauchzendes Flackertheilchen der grossen Liebeslohe,
die in die kreisende Dunkelheit ihre lebenan-
fachenden Fackeln reckt.

Sankt Heinrich.

Hinter Wipfelgrün am See
Liegt das Dorf des heiligen Heinrich;
Zwischen Wiese, Wald und Feldern
Ruht es mollig eingebettet;
Leise geht des Lebens Athem
Hinter Wipfelgrün am See.

Hinter Wipfelgrün am See,
In dem weissen Wallfahrtskirchlein,
Liegt der heilige Heinrich selber
Mit dem knorrigen Eichenknüppel.
Ruht sich aus von seinen Tugenden
Hinter Wipfelgrün am See.

Hinter Wipfelgrün am See,
Wo Henricus mit dem Knüppel
Schläft den Schlaf gerechter Seelen,
Schafft ein allerliebstes Mädel,
Tugendhaft wie Sankt Henricus,
Hinter Wipfelgrün am See.

Hinter Wipfelgrün am See,
In der kleinen Wirthshausstube,
Zwischen weissen Ahorntischen,
Zwischen dunklen Epheuranken
Weht Babettens weisse Schürze,
Hinter Wipfelgrün am See.

Hinter Wipfelgrün am See
Hab' ich um den heiligen Heinrich
Und des heiligen Heinrichs Tugenden
Mich höchst wenig nur gekümmert,
Aber selig war ich dennoch
Hinter Wipfelgrün am See.

Hinter Wipfelgrün am See
War höchst selig mir zu Muthe,
Sah ich in das Aug Babetten,
Drückte ich die Hand Babetten,
Küsste ich den Mund Babetten,
Hinter Wipfelgrün am See.

Hinter Wipfelgrün am See,
Wo des Lebens Athem leise
Weht, und Sankt Henricus schlummert,
Träumt' ich mir ein Friedensmärchen,
Sonnt ich mich in Märchenaugen,
Hinter Wipfelgrün am See.

Hinter Wipfelgrün am See
Liegt das Land, das herzverheissene,

Voller Blumen, voller Düfte,
Voller Lieder, voller Träume,
Meines Herzens Kanaan,
Hinter Wipfelgrün am See.

   • • •

Hinter Wipfelgrün am See . . .
Aus dem Paradies getrieben
Bin ich nun mit meinen Träumen.
Eichenknüppelheiliger Heinrich,
Dich beneid' ich und dein Schlummern
Hinter Wipfelgrün am See.

Kamerad Anna.

(An die Dichterin Anna Croissant-Rust.)

Sommerabend!
(„Mild und labend"
Reimen drauf die deutschen Dichter);
So ein schöner Sommerabend,
Der mit leisem, warmem Athemzug
Ueber die Erde Segen und Frieden weht.
Nur das Kirchenbimmeln stört mich,
Dies aufdringliche Erinnern:
Bum — die Dummheit, bam — regiert noch.
Bum — sie schlägt dich, bam — noch todt.
Also gut, stultitia sacra,
Bimbambumle immer weiter,
Schönheit lässt uns dich vergessen,
Schönheit wiegt uns in die goldenen
Höhen schweigenden Gebetes,
Wo des Herzens Glocke einzig
Tönt, die klare, helle Stimme
Heissen, rothen Menschenblutes.

Sommerabend.
Kamerad Anna
Sitzt vor'm Schusterveitlhause
Im geliebten Brannenburg.

Schweigend, eine Riesengarde
Von Bewunderern, steh'n die Berge.
Diese grossen, lieben Kerle,
Und die Bäume rauschen leise,
Und die Wiese wellt im Winde,
Und der Himmel giebt in Farben
Ein symbolisches Konzert.
Gleissend, ein goldener Ball, versank
Langsam die Sonne am Horizonte,
Farbenlos.
Aber, da nun die Herrscherin ging,
Kommt der Cortège der Pagen und Zofen;
Rosawölkchen und duftige Streifen
Zartesten Veilchenblaus schweben und weben,
Schweigenden Reigen am westlichen Himmel.
Umrissscharf wie schwarzgrauer Stahl,
Stehen die Berge, die grimmigen Ritter,
Bis ironische Wolkengeister
Ihren Häuptern wattene Hauben
Ueberstülpen, wie Philistern.
Ach!
Gilt dies Ach den armen Rittern
In den Wolkenwattenhauben,
Oder gilt es etwa mir?

Kamerad Anna, Kamerad Anna,
Wisse, dass ich dich beneide
Um dein Schusterveitlhaus.
Sieh, ich sitze hier fünf Treppen
In der lauten Sonnenstrasse.

Und vom Sonnenuntergange
Seh' ich kaum ein blasses Streifchen,
Und um dies zu sehen muss ich
Erst noch auf den Schreibtisch klettern
Stehend dann auf allen meinen
Unglückseligen Manuskripten
(Fünfzig Centimeter Lyrik!)
Wird mir klar doch nur das Eine:
Dass ich mich von Sehnsucht nähren
Und dabei verhungern muss.
Und das Lärmen von der Strasse,
Droschkenknattern, Trambahnbummern,
Klingeln, Knarren, Schreien, Preifen, —
Ach, der schöne Sommerabend
Ist doch hier nicht ganz komplett.

Und ich steige von dem Tische,
Steige von dem Lyrikberge,
Und ich wandle wie ein Eisbär
Hin und wider in dem Käfig,
Der fünf Treppen hoch gelegen
In der lauten Sonnenstrasse,
Und ich monologisiere:
Wie hundsföttisch niederträchtig
Das Geschick doch mit mir umgeht,
Dass ich lyrisches Herrgottsschäfchen
Zwischen Steinen kriechen muss,
Statt dass ich auf grünen Wiesen
Blaue, rothe, gelbe, weisse
Stimmungsblüthen pflücken darf.

Da, in meine Missvergnügtheit,
Bläst ein Wirbelwind; durchs Fenster
Fährt er hin mit Hui und Hasten,
Und, als wär' es Pflicht und Amt ihm,
Saust er schnell durch alle Bücher,
Hebt und dreht und jagt die Blätter,
Raschelt durch Novellen, Dramen,
Lyrik und Kritik, — na! na!
Lieber Freund, nicht unmanierlich!
Brrr! Da packt er die „Gesellschaft",
Wirbelwüthend schlägt er auf,
Saust entsetzt durchs „Dichteralbum",
Heult durch die „Kritik" mit Keuchen.
Plötzlich aber wird er lieb —
Leise schlägt er Blatt um Blatt um,
In gefällig weicher Rundung
Legt er jedes zart aufs andre,
Ganz unhörbar, wie mit feinen,
Lieben, weichen Mädchenhänden,
Und dann ist er fortgeweht.

Sommerabendwind, was hast du
Launenhafter aufgeschlagen?

Und ich lese: „Feierabend".
Ah, Respekt, Posaunenengel,
Mehr Geschmack hast du, beim Zephyr,
Als das deutsche Publikum,
Und du bist ein guter Rather.

Und ich las den „Feierabend",
Las ihn wohl zum sechsten Male,

Und dein klares Auge sah ich,
Kamerad Anna, das dem Leben
In das tiefst Verborgene sieht.
Und ich fühlte, wie dein warmes
Herz, das mitschlägt allem Leiden,
Heiss in dieser Wahrheit pocht.

Wahrheit, herzensgluthdurchpulst,
Das ist deine Kunst, Frau Anna,
Und mich dünkt, das ist das Trumpfwort
Unsrer ganzen neuen Kunst.

Aber eh das Wort gemünzt ward,
Prägtest du aus seinem Sinne
Schon den fertigvollen Werth,
Dichterin!
Mit diesem Worte
Leg' ich aus der Hand die Feder,
Kamerad Anna, Dichterin!

Dämmerungszauber.

Schön ist die Dämmerung, die im Walde webt,
Leise, leise schwebt sie nieder
Durch Zweiggewirre und Blättersäuseln,
Ein duftgewobener Schleier vom Himmel.
Verhallendes Zirpen, Summen und Wispern
Verklingt in schläfrigem Blätterrauschen
Müde, lauschig.
Hoch in den Lüften der steigende Vogel selbst,
Das Dunkel schauend, das sich mächtig
Ueber die Fluren breitet, kehrt
Nieder zum warmen, wohligen Neste,
Duckt sich und schlummert.
Leise hauchend weht der Athem der Nacht
Aus Millionen Kelchen wundersüsse,
Weiche Gerüche.
Die schwanken und streichen,
Breiten sich, spreiten sich,
Wogen und wanken
Weithin über die Gräser und Blüthen,
Umduften mit Träumen geruhig und sanft
Die dunkelnde Erde.
Ein sammtenes Grau hebt sich in Nebeln,
Goldene, letzte Sonnenaugen
Blicken scheidend noch einmal milde
In den mälig schlummernden˙Wald.

Oh schön, ja himmlisch schön und beglückend sind.
Wundersam selig die Dämmerungszauber
Im Abendwalde.

Aber schöner noch, wahrlich, schöner und gütiger
Bist du, oh Dämmerung, wenn du barmherzig
Herabsteigst in die russigen Strassen
Qualvollen, hastigen Stadtgewirres,
Wenn du freundlich öffnest die qualmigen Säle,
In denen arme Menschen eisern
An schmutzige Frohne freudebar, hoffnungslos
Ewig gefesselt.
Vor deines weich mattgoldenen Blickes Strahl
Stockt der Maschinen Knarren und Keuchen,
Und aus dem düsteren Sklavenauge
Bricht es wie schimmernder Dank der Erlösung.
Freiheit auf wenige Stunden nur schenkst du,
Aber doch Freiheit, jubelndes Regen
Zwangentfesselten Menschenherzens,
Hochaufbrausenden Lebensdranges,
Der aus gepresster, lange gequälter
Menschenbrust lohend gewaltig herausschlägt,
Sehnend, sehnend nach edler, reiner,
Gütiger Menschenliebe treibt.
Hoffnung! Liebe! — — Oh du barmherziger,
Milder, leuchtender Dämmerungszauber!
Giesse der Hoffnung selige Wärme,
Giesse der Liebe lachendes Leuchten
Gnädig aus in die armen Herzen
Glückenterbter, hassumfrosteter,
Elender Menschen!

Traum durch die Dämmerung.

Weite Wiesen im Dämmergrau;
Die Sonne verglomm, die Sterne ziehn;
Nun geh' ich zu der schönsten Frau,
Weit über Wiesen im Dämmergrau,
Tief in den Busch von Jasmin.

Durch Dämmergrau in der Liebe Land;
Ich gehe nicht schnell, ich eile nicht;
Mich zieht ein weiches, sammtenes Band
Durch Dämmergrau in der Liebe Land,
In ein blaues, mildes Licht.

Fieberlied.

Dieses Lebens Jammerthal
Steht voll schwarzer Schmerzensrosen,
Die an grauem Dornenstrauche,
Zwischen scharfgezackten dunkel-
Grünen Blättern blüh'n.
Grosse, schwarze Schmerzensrosen
Nicken über meinem Haupte
Und entschütten ihrem Schoosse
Giftig gelben Samenstaub.
Dicker, dumpfer Duft umschwillt mich
Sichtbarlich in sammetblauer
Schwüler, feuchter Wetterwolke,
Und von ferne hör' ich Geigen.
Geigen hör' ich ein wildes Lied.
Schmerzenschrill und voller Wollust,
Voller Gier und greller Helle,
Und im Takte meines Herzschlags,
Stossweis wechselnd, klingt das Lied.
Lullt mich ein zu Schlaf und schreckt mich
In ein athemloses Wachen,
Drückt die Lider mir wie Bleilast,
Reisst mein roth entzündet Auge
Auf in eine blutige Sonne — —
Und die schwarzen Schmerzensrosen
Nicken über mir. . .

Genesung.

Lange lag ich krank im Haus
Unter dicken Decken,
Heut zum ersten Mal hinaus
Darf den Kopf ich stecken.

Vor dem Fenster Wipfelgrün,
Ach, wie ist das helle,
Und es treibt mich frühlingskühn
Bis zu Thor und Schwelle.

Fliegt mein Blick sehnsüchtig weit
Ueber Blühewonnen,
Ist Gedenken zager Zeit
Wie ein Dunst zerronnen.

In mein Auge schwillt ein Schein
Himmelheller Reine:
Leben! Leben! Bist Du mein?
Und ich weine, weine. . , .

Erste Blüthen, erster Mai. . .

Lange schlug das Herz mir dumpf
Und in faulen Schlägen,
War ein tangbedeckter Sumpf
Ohne Wellenregen.

Bunte Blumen blühten rings,
Und ich ging vorüber,
Wissenschaft, die graue Sphynx,
Gab mir Nasenstüber.

Wissenschaft, die graue Sphynx,
Mag der Teufel holen,
Euch, ihr Blüheblumen rings,
Sei mein Herz befohlen.

Sonnevoll ist mein Gemüth,
Eine grüne Wiese,
Drauf es singt und springt und blüht
Wie im Paradiese.

Eine Geige klingt in mir,
Glockenklar und leise . .
„Oh du allerschönste Zier! . .“
Wundersame Weise.

Glück und Glanz und Glorienschein
Ueber allem Leben,
Und die ganze Welt ist mein,
Mir zu Leh'n gegeben.

Und mein Herz haucht Liebe aus,
Alle Noth verendet,
Sorge, Sünde, Hass und Graus
Sind in Glück gewendet. — —

Dumme, holde Träumerei,
Immer kehrst du wieder.
Erste Blüthen, erster Mai,
Schwärmerische Lieder.

Rasende Lenzlust.

Maisonne, warmer, bebender Strahl,
Oh fröhliches Glänzen, so weich und jung,
Sorgen scheuchend und Falten glättend!
Das Herz schwillt auf in wogendem Heben,
Und das Auge blickt frei um ins Grüne,
Und es regen sich winterschlafsatte Gefühle.
Wo nur ein weibliches Wesen schaukelnd
Mit üppig vollen Hüften sich naht,
Wo nur eine Brüsterundung lockend,
Umschmiegt von enganliegender Hülle,
Athmet, da schwärmen die schwülen Blicke
Und legen sich lüstern auf die Conturen
Des süssen Bogenschwungs, bohren sich lechzend
In jede Falte des schwellenden Wunders.

Oh warmes Geheimniss weiblichen Leibes!
Oh holdes Mysterium, warm verborgenes,
Du heisser Lebensherd, dessen Brünste
Aus Augen und zuckenden Lippen lodern,
Oh heiliges Kleinod, innigumschlossenes,

Du weiches Ziel des zitternden Strebens,
Warmer Ruhepunkt der Liebe,
Schwellende, üppige Frucht, durchzogen
Von feurigen Blutes tosenden Kräften,
Erfüllt von Gluthen, sehnsuchtwüthig:
Oh Venusberg, dess Pforten beim Wehen
Des ersten Lenzwinds weit sich aufthun, —
Siehe, ein Pilger zu deinem Altare,
Nah' ich mich tannhäusertoll deinem Heiligthum,
Rhythmisch rast mir mein Herz im Gebete.
Segne erfüllend die Sehnsucht, Sehnsucht,
Segne die Sehnsucht, Aschtoreth!

Josephine.

I.

Ihr Kleidchen ist von Tarlatan,
Ihr Herzchen ist von Golde;
Ich bete, ich bete das Mädel an,
Ihre Guckaugen haben mir's angethan,
Josephine, Sephine, Du Holde!

II.

Wenn sie lacht, wenn sie lacht,
Ist der Himmel erwacht,
Gottvater singt selbst ihr zum Lobe
Ein Lied, das er selber gemacht:
    Seffi,
Ach stelle mich nicht auf die Probe.
Sonst werd' ich frivol,
Dass der Teufel mich hol',
Und mache mich, Dir zum Preise,
Wie Zeus auf die Lumpenreise.
Gottvater singt's im tiefsten Bass,
Ihm werden beide Backen nass
Vor lauter Liebesthränen.
Sie aber streicht die Backen mir,
Sie aber kraut den Nacken mir
Und thut sich an mich lehnen.
    Seffi!

III.

Der Himmel ist blau, das Wetter ist schön,
Madame, wir wollen spazieren geh'n!

Da ist sie dabei!
In den blühenden Mai
Aussegeln wie Frühlingsfregatten wir Zwei.
Wie Blüthenschnee ihr Kleid so klar,
Ein Blumengarten ihr Strohhut war,
Ein moosgrün' Band vom Hute hing,
Wie Wimpelwurf im Winde ging.
Recht wie ein schwarzer Würdebär
Ging neben der Fee mein Leibrock her.

Wie wunderbar
Der Maitag war!
So frisch, so hell, so kühn, so jung,
Wie Kinderglückserinnerung,
Und so voll Liebe und Heiligkeit;
Ach, kranke Welt, wie bist du weit,
Weit von uns fern mit deiner Gier,
Mit deinem Hass, mit deinem Streit, --
Wir seligen, seligen Kinder wir!

IV.

Und es senkt sich die Nacht.
Kühle Winde, blasse Sterne.
„Du, hast Du mich gerne?"
Und sie küsst mich und lacht.

Und wir gehen nach Haus.
Alle Menschen schon schlafen.
Die Fregatten im Hafen . . .
Und die Lampe löscht aus.

Epistel an einen Redakteur.

(Widmungsgruss an Julius Schaumberger, als er die
Zeitschrift „Münchner Kunst" gründete.)

Ich war ein rosarother Idealist,
(Freund Conrad sagt, sothane Leute hätten
Die Nasen bimmelblau), da fiel mir's ein:
Von Nutzen sei's und unerhört verdienstlich,
Wenn ich ein Kunstblatt setzte in die Welt.
„Ein Kunstblatt — hm, ein Kunstblatt, das will sagen:
Ein Blatt für Künstler, die gelobt sein wollen,
Jedoch zu abonniren nicht gesinnt sind.
Dass and're Leute in ein Kunstblatt gucken
Kommt meines Wissens überhaupt nicht vor." —
Der also sprach, das war ein Wohlerfahr'ner,
Und höchst fatal blieb haften mir der Spruch.
„Ja? Nein? Ja? Nein? Soll ich? Hm! Soll ich nicht?"
Der Teufel hol' das Grübeln, Ueberlegen,
Hier in der Stube frisst mich's sicher auf.
Hinaus! Fort, fort! Der Vögel Sang kurirt,
Der Bäume Rauschen und des Himmels Lächeln
Von allen Kunstblattgründungsfraglichkeiten.
Ich ging, ging in den Wald, den grünen Dom;
Da sangen wirklich wundersam die Vögel;
So süss, so frei, so hold naturalistisch
Und ohne Honorar, — o Kunstblatt! Kunstblatt!
Ich ging und ging. In grüne Schleier wob
Des Buchenwaldes Zauber weich mich ein,
Und wo ein alter, dicker Buchenstamm
Mir einen Knorrensitz im Moose bot,

Da setzt' ich mich und blickte in die grüne,
Unendlich reiche Baumwelt über mir,
In der ein Leben, Weben, Klingen, Regen,
Ein säuselnd Auf und Nieder, Hin und Her
Mich lustig mahnte an die Menschenwelt.

War ich nicht König Krokus auf dem Stamm,
Dem liebenswürdig seinen blonden Bart
Ein lieb' Waldweiblein, blond, blauäugig, kraut,
Der König Krokus, der zufried'ne, gute,
Die höchst fidele Bummelmajestät?
O wehe, nein, — ein Kunstblattgründer ich! . . . .
Und richtig, über dieser Wahrheit schlief ich ein.

Da kam im Traum mir seltsamlich Gesicht.
Ein Ungethüm in breitem Wackelgange
Kam dröhnend her, — ein ungeheures Vieh,
An Gröss' ein Mammuth und an Scheusslichkeit
Ein Menschen fressend Baalsungethüm.
Aus Fleisch und Blut nicht war die Bestie,
Sie war geschraubt, geschweisst aus Eisenstücken,
Es war der Kopf ein Schiffskanonenthurm,
Mit tausend Schlünden, immer fort bewegt.
Wie glühende Riesenbomben leuchteten
Die rollenden Augen unter Stachelwimpern,
Die lange Speere waren; wie Pulverblitz
Erzuckt es grässlich in den Augenkugeln
Und stach hervor in schwefeliger Lohe.
Der Leib des Monstrums war wie ein Panzerschiff,
Von glänzend schwarzem Stahle, — starr gereckt
Erhoben klirrend sich in Wuth bisweilen

Vieltausend Bajonette, es trampelte
Das Unthier her auf Kruppkanonenläufen.
Entsetzlich war des Scheusals Schreiten! Rasseln
Und Aechzen klang vermischt und wüthend Fauchen.

Es trampelt dröhnend näher, — plötzlich klappt's
Mit grässlichem Gekrach das Riesenmaul auf.
O schauderhafter Rachen. Eine Flamme,
Von gelbem Schwefeldampf belegt, die Zunge;
Die Zähne fürchterliche Pyramiden
Von unzählbaren Menschenmordwerkzeugen,
Und wie Kanonendonner brüllend klang's:
„Bist du verrückt denn ganz, du Versemacher,
Dass du in MEINER Zeit mit Kunstblattplänen
Herumläufst, während ganz Germanien
Nur für Kanonen schwärmt und offenkundig
Von euren „Künsten" gar nichts wissen will?
Soll ICH denn augenblicks in Grund und Boden
Dich niedertrampeln, Ideologe du,
Erzrevoluzzer, unverschämtester?
Denn Majestätsbeleidigung gegen MICH,
Den Herrscher dieser Zeit, Militarismus,
Von Menschenwahnsinnsgnaden Gott und Herr
In Alt-Europien, Majestätsbeleidigung
Ist's, solcherlei Ideologenspinnweb
Zu hegen! Ich befehl dir: schmeiss es weg!"
„O Majestät," erwiderte ich darauf,
„Im Kopfe, nur im Kopf hab' ich das Zeug!"
„Im Kopf? Ha so! Dem überflüssigen Theil
Des Menschenleibes. Hm, ich sollte dir

Den Kopf wegfressen, — dann wär's schleunigst aus.
Doch ich bin ruhig. In Grossschilda wird
Kein Mensch an deinem Syrup lecken wollen.
Das Volk der Dichter und der Denker ist
Ein Volk von Korporälen heutigen Tag's,
Ein Stechschrittvolk, Paradetrampelvolk,
Ein Repetiergewehrlosschiessevolk,
Kurzum ein herrlich kunstverachtend Volk.
Mach was du willst, höchst unerfahrner Schwärmer,
Am besten ist's, du gehst in's Irrenhaus."

Kaum ausgebrüllt, verschwand das krasse Vieh,
Nur eine Pfütze blieb von Pulverschmand
Und ein Gestank von Sengen und Verwesung.

Mich aber weckte der brutale Traum,
Wahrhaft in Schweiss gebadet lag ich da,
Entsetzlich im Bewusstsein blieb das Bild,
Und tief im Herzen traurig ging ich heim.
Wahrhaftig, Recht, Recht hat das krasse Vieh.
Des neuen deutschen Reichs palästra ist
Das Drillfeld, wohlgeübte Waden sind
Bei weitem wichtiger uns als Hirn und Herz,
Und wer dagegen kämpft, gilt für verrückt.
So nahm ich denn zu Haus' den schönen Plan
Und warf ihn in die Ecke — requiescas
In pace, dummer, unmoderner Traum.
Vielleicht, vielleicht, in hundert Jahren vielleicht
Wird's klar einmal nach so viel Nebelwust,
Und überm letzten Schlachtfeld geht die Sonne,
Die gold'ne Friedenssonne auf der Kunst.

Jetzt ist's nicht Zeit für dich, du Menschentrösterin,
Denn jetzo sind wir wichtiger beschäftigt;
Wir lernen morden, morden auf Commando, —
Das Instruktionsbuch brauchen wir, sonst keins . . .

Und siehe da, am nächsten Tage kam
Dein Blatt, mein Freund, so rosaroth wie einst
Mein Ideal, — könnt es mich Lügen strafen!
Du hast's gewagt! Führ' es denn wacker durch
Trotz aller christgermanischen Korporäle.
„Schönheit in Wahrheit" schriebst du dir als
                                        Kampfruf;
Die wahre Kunst, die tief das Herz bewegt,
Weil sie aus warmen Herzenstiefen dringt,
Willst du erstreiten helfen, — Glück zum Kampf!
Zwar, Philisteria wird schnöde grinsen
Und hinterm Masskrugwalle sitzen bleiben,
Im idealen Munde die Geselchten, —
Doch das lass dich nicht kümmern, lieber Freund.
Die wahre Kunst, herzechten Menschen bleibt
Sie doch das Heiligste, trotz aller Ungunst,
Und wer ihr dient uneigennützig — treu,
Der fühlt in sich, und mögen Millionen
Philisternasen hohnbereit sich rümpfen,
Doch Lohn und Freude. Bleib' dir selber treu
Und deinem Spruche „Schönheit in der Wahrheit"!
In diesem Zeichen wirst du sicher siegen.

„Frauenhaar".

„Frauenhaar" trag' ich am Hute,
Wie Flachs so weich, wie Seide so fein,
Flirrfädelnd spinnt's im Sonnenschein,
Flott flattert's in den Wind hinein,
Ich trag' es mit fröhlichem Muthe
Und denke dein,
Mein Seidenhaar,
Die meine Sonne, mein Sehnen war.
Mein Leben im bebenden Blute,
Du Weiche, du Feine, du Gute!

Abendgedanken.

Ich sitze am Fenster, die Pfeife im Munde,
Zur Seite das Glas mit braunem Biere.
Verhallender Lärm der Strasse tönt
Rauschend ans Ohr mir.

Da drüben, hinter der weissen Gardine,
Da wohnen zwei niedliche, lustige Mädchen;
Blond ist die Eine und lämmlich sanft,
Aber die Braune, die Braune, der Racker,
Hat es gewaltig hinter den Ohren.

Ach, und ich sitze hier so alleine
Und scharmuziere mit ihren Schatten
(Sind vielleicht gar nur die Schatten
Ihres würdigen Elternpaars). . . .

Herr des Himmels! Ich bin wehmüthig
Wie ein Gänserich nach dem Rupfen.

Hol's der Teufel! Selbst die Wolken
Oben am Himmel machen mich ärgerlich.
Dicht geballt, langweilig, zieh'n sie,
Riesige Himmels-Thränensäcke,
Die tagüber kokett in schmalen,
Duftigen Streifen sorglos lustig
An der Himmelsstrasse flanierten.

10

Ach, und jetzt löscht gar das Licht aus
Drüben bei dem Schwesternpaare. . . .

Gehen die Vögel früh zu Neste!
Na!

Ganz unzweifelhaft begiebt sich
Langsam, sittsam, ganz unhörbar
Jene Blonde in das Bettchen;
Aber die Braune schwingt sich mächtig,
Dass die Hemdenzipfel fliegen,
In das weiche, elastische Nest . . .

Unsinn! Unsinn! Wie die Jungfern
Sich zu Bette legen, sinn'st du?
Oh, du kolossaler Esel!
Du bist krank, geh selbst zu Bette,
Schlafe aus und in der Frühe,
Freundchen, nimm ein kaltes Bad.

Drei Liebeslieder zur Harfe.

I.

Die Welt ist reich, wie das Auge eines schönen Mädchens.

Tiefes Dunkel ist darin voll süsser und schauriger Räthsel, und die Seligkeit ist in ihr, die glitzernd über die Oberfläche des feuchten Augapfels huscht.

Und das Herz dieser Welt voller Keime und heisser Fluthen — wie das Herz eines verliebten Mädchens ist es, das unbewusst sich nach Umarmung sehnt und schmerzlich seligem Gebären.

Feuerstrahlender Gott, der Du die Wolkenvorhänge zerreissest, die Erde in ihrer Nacktheit zu schauen, heissblickender Mann, Held Helios, giesse Deine Lebensströme in den heiss wartenden Schoss der Erde!

II.

Tonnen stehen im dunklen Keller, breite, braune, bauchige Tonnen, und zwischen ihnen taumelt meine Jagd nach einem Sonnenstrahl, den ich im vorigen Sommer sah.

Sicher, in einer dieser Tonnen steckt er: Napoli oder Caro vigno, ihr goldenen, wer von euch hat ihn?

An einem See war's vor dem grossen Gebirge, und silbergraue Libellen flogen im raschelnden Röhricht des dürr grünen Schilfes. Aus den klingenden, kleinen Wellen tönte silbern die Frage:

10*

„Wo lebt die Eine mit dem liebegütigen Herzen, das Deiner Sehnsucht vorbestimmt ist als weiches Bett?"

Und ein heisser, goldener Strahl kam von der grossen Sonne, der über die Wellen fuhr wie kriegschlichtender Schwertstreich.

Seid mir Liebesorakel, ihr sonneschwangeren Tonnen!

III.

Da noch Blut in meinen Adern ist und Kraftspannen in meinen Muskeln, will ich lieben, — lieben wie ein seliger Gott und ein gesundes Thier.

Die faule Furcht der Menschheit blas ich hinweg mit meinem Odem voll rasender Sehnsucht.

Meine drängende Brust hebt sich nach den bebenden, vollen Brüsten unendlicher Hingabe.

Zwingen will ich den ausweichenden Blick sehnender Weichheit.

Her zu mir Alle, ihr Liebeskräftigen, ich will euch umarmen.

Wer aber liebesfeige ist, der gehe hin und ersäufe sich in veilchenfarbener Tinte.

Seinem Tode will ich ein Tanzlied singen.

Sela.

Mit trockenen Blumen.

Hoffnungswimpel im Lenze,
Banner des Todes nun,
Gern wären es Liebeskränze,
Die hier wie Leichen ruhn.
. . . Der Herbst hat's gethan,
   Sterben hebt an. . . .
   Grüss Gott, grüss Gott, du Mann mit der Sense!

Zu einer Jubelfeier.*)

(Den Adoranten.)

Schellenklirr und Paukenbum,
Begeisterung geht rasselnd um
Für einen deutschen Dichter.
Für einen deutschen Dichter?
Das ist zu dumm!

.   .   .

Den guten Deutschen sind völlig wurstig
Ihre Poeten; sie sind nicht durstig
Nach der Schönheit schimmernden Quellen
Und nach dem hellen
Tranke der Wahrheit;
Sie fordern nur Klarheit
Von ihren guten,
Malzwürzigen Suden.
Wer bei ihnen dichtet,
Der ist gerichtet;
Und wäre sein Dichten wie Sonnenschein golden,
Sein Herz ein Liebestempel der Welt: —
Hat er kein Geld,
Wird er ein Narr gescholten.
Im Lande der Dichter und Denker nämlich
Misst man bequemlich
Auch die Poeten
Nach den Moneten.
Wem voll der Kopf und der Beutel leer,

*) Geschrieben gelegentlich der Münchner Linggfeier.

Der trägt in Deutschland sein Leben schwer;
Bei wem die Sache umgekehrt,
Der wird mit Tsching! und Bum! geehrt.

Aber die vielen Feierlichkeiten?
Dithyrambischen Leyerlichkeiten?
Diese Diplome und Adressen,
Dichterverhimmelungsehrenessen?
Dieses Besingen und Beräuchern,
Wonniges Liegen auf den Bäuchern?
Dieses Pauken und Trompeten
Für die Poeten, für die Poeten?
Dieser raddaulich-erbauliche Schwung
Dröhnender Begeisterung?

Mit Vergunst:
Blauer Dunst.

Dies Alles ist für treues und echtes,
Theilnehmendes Lieben nur ein schlechtes,
Anmassliches, dünnes Surrogat
Und wird geboten allzuspat.
Man legt dem Dichter vor die Füsse
Alle die zeitungspapierenen Grüsse
Und die Bankzettelscheine dann,
Wenn er ein alter, müder Mann.
„Schau, wie lieben wir Dich, oh Dichter!"
Ruft der Banausen Philistergelichter,
„Siebenzig Jahre bist Du nun alt,
Und Dein Feuer, schon ist es erloschen.
Alle Halme sind ausgedroschen,

Bald ist Dein Gesang verschallt.
Aber wir wissen Verdienste zu ehren,
Pietät der Jugend zu lehren!
Alter Poete, da nimm' Deinen Brocken,
Nun kannst Du durch unsere Gütigkeit
Trotz Deiner zittrigen Müdigkeit
Immer noch auf dem Pegasus hocken."
Gehen nach Hause schier erhoben,
Können sich selber im Herzen loben.

Oh, Du gemeine Heuchlersippe,
Dumpfheit im Herzen und Schwulst auf der Lippe!
All' dein Phrasenbimmelschwung,
Festschmausweinbegeisterung
Für die Alten,
Für die Kalten,
Für die Matten,
Für die Satten:
Lüge nur, Lüge ist das Getriebe,
Tönendes Erz und klingende Schelle,
Faulen Gewässers trübflüssige Welle,
Denn es fehlt Dir im Herzen die Liebe.
Hättest Du Liebe, wie könntest Du sehen,
Wie so Viele im Elend vergehen,
Die in begeistertem Schaffen sich mühen,
Jugendfeurig dem Edlen glühen,
Bis sie von Deiner Dummheit geschunden
Ueber und über bedeckt mit Wunden.
Wird dann Einer hinausgetragen,
Hört man Dich scheinheilig klagen:

„Ach, wie war er hoffnungsvoll,
Dieser Jüngling, unvergesslich,
Unser Schmerz ist unermesslich, —
Freilich, er war noch ein wenig toll;
Hätte der Most sich ausgegährt,
Wär' uns ein trefflicher Wein bescheert."
Aber liesst ihr ihn denn gähren
Mit verständigem Gewähren?
Vorn und hinten
Ihn zu binden,
Das war euer ganzes Trachten,
Volk, zu schecht noch zum Verachten.

Freilich, mit Recht dann rühmt ihr die Alten,
Die euer Lumpenthum ausgehalten,
Die es auf siebzig Jahre gebracht
Trotz eurer blöden Niedertracht,
Die nicht längst die Waffen gestreckt
Und im Elend wund verreckt.

Preise sie, Du Heuchlerbande,
Laut mit Pauken und Trompeten,
Die zählebigen Poeten:
Laut rufst aus Du eigene Schande.

    •   •   •

Schellenklirr und Paukenbum,
Begeisterung geht jetzo um
Für einen alten Dichter.

Oh, hundsgemeine Wichter!
Wir wissen, warum.

Meine Sonne a. D.

Als es Winter war, hatt' ich nur einen
Sonnenschein, — Dich, und Du warst mir eine
ferne Sonne mit seltenen Strahlen. Aber wie
waren sie warm und freundlich, und wie war
ich glücklich!

Nun ist es Frühling geworden über die
Erde, und die Vögel rufen sich von schwanken
Knospenzweigen, und der Himmel ist blau,
wie Erfüllung aller Seligkeit.

Aber wo ist denn meine Sonne?

Schau da, wie schön: von chinagelber
Seide das Kleid, burgunderroth der Gürtelreif,
und alle Blumen des Frühlings auf dem weissen
Hute, geht meine Sonne dort auf vor dem
römischen Roth der Arkaden.

Sonnensieg! Die gelbe Seide surrt mit
falbelndem Saum über den rothen Fliess, und

jeder ihrer Schritte ist ein Kuss der beglückten Erde.

Das ist meine Sonne?

Ach, wie sie doch im Winter so weich und fraulich war und lieb.

Nun ist sie stolz geworden, und wie ein Komet zieht sie einen zitternden Schweif von Verehrern nach und lässt die dümmsten Monde in ihre Nähe, wenn sie von Silber sind.

Sonne, dein Sieg gefällt mir nicht. Halloh! Ich geh auf die Sternensuche!

Epistel

an Baron D e t l e v   v o n   L i l i e n c r o n.
(Geschrieben im Rathskeller zu München.)

Mit flüchtig beflügelten Sohlen kam ich,
(Singen nicht so die trefflichsten Dichter?)
Schritt hinunter die dunklen Stufen,
Sauste hindurch zwischen achtundzwanzig
Wartenden, lachenden Kellnerinnen,
Schoss in die Ecke . . . — Nichts?!

Ha! und Hoh! Oh Uwe Boje
Tetje Detlev Friedrich Freiherr
Liliencron, zum Donnerwetter,
Sacradi! wo bist Du hin?!

Betty kam, die stimmendumpfe
Ursulinerin aus Augsburg,
Die zur Kellnerin geworden
In dem durstig schönen München,
Und sie that mit tiefem Ton kund:
„Der Baron ging fort mit Wüthen,
Stundenlang schrieb einen Brief er,
Wartewuth sass ihm im Auge,
Und an Sie war dieser Brief."
— — Ha! — —

(Siehst Du wohl, wie schön dies Ha! ist,
Dem Du ewige Feindschaft schwurst?)
Ha! drum nochmals, und ich setzte
Wie ein Lyriker, dem alle
Maigedichte rückgesandt sind,
Also wehmuthvoll mich nieder
Auf die Bank der dunklen Ecke,
Wo bei Porter und bei Ale
Du und ich so oft zusammen
Sitzen und der Welt vergessen,
Dieser dummen, dumpfen Welt,
Die nicht sieht des Tages Schöne,
Die nicht hört des Herzens Tiefe,
Die nicht fühlt des Weibes Wärme, —
Wenigstens nicht so, wie wir.

Ja, wie wir! Wie übermüthig
Bei dem braunen Half and Half
In den spitzig hohen Gläsern
Haben wir gefühlt mit Jauchzen,
Dass in uns, in uns die Freude,
Schönheit, Liebe, Wahrheit ist!
Hurrah hoch der quellende Jubel
Unserer blutstrom-rasenden Herzen,
Heilig und hoch die neue Schönheit,
Welche nur in der Wahrheit ist!

Und ich sehe Dich, freudeweit
Und doch ein bischen arg erfahren,
Mit den blauen Holstenaugen,

Die von gütiger Schönheit voll sind
Wie ein junger Maienmorgen,
Lachen, lachen still und gross.

Porter und Ale auch mir bestell' ich.
Betty bringts, die runden Arme ·
Kneif' ich ihr, und wie ein Mäuschen
Piepst sie leise, die Kokette.
Zur Entschädigung bekommt sie
Einen säftedrallen Pfirsich.
Mit schneeweissen Zähnen beisst sie
In das säurekühle Fleisch.

Ja, und nun bei Porter und Ale
Muss ich mich verdefendieren,
Dass zu spät ich heute kam.

Meine Absicht selbstverständlich
War erhaben über allen
Zweifel, und ich ging zur rechten
Stunde fort und durch das „Gries",
Wo die kleinen Waschermadeln
An den Bügelbrettern stehen,
Wo Jeanette ihre schwarzen
Augen und sonst noch Hübsches zeigt.
Am Dianabad vorüber
(Am Dianabad, Du weisst schon)
In den englischen Garten dann.
Langsam ging ich durch die Gänge,
Pärchen huschten mir vorüber,

Und im Geiste meinen Segen
Gab ich ihrem heissen Trieb.

Stille war's, so friedeheilig,
Dass ich selbst gesegnet ward
Von des Herzens schwellender Wärme.
Und mich trieb es, zu den weissen
Tempelbogen hinaufzusteigen,
Die „Monopteros" im Grünen
Wie ein Traum aus Aphroditens
Lüstefrohen Zeiten spannt.

Da geschah, was lange mich bannte:
Blutgerinnsel der Abendröthe
Troff am Himmel, und im Schauen
Schrieb ich kunstlos Worte der Wollust:

Ein Meer von rothem, wellendem Gold;
Schwarze Schatten schleichen in Streifen
Scheu dazwischen.
Unendlich breit
Dehnt sich der flammengüssige Sterbezauber der Sonne.
Wie lebendiges Filigran
Schwankt und wispert leise davor
Schmächtiger Wipfel Blättergewirr.
Da haucht ihre Nebel die Nacht.
Mit stahlgrauem Flor verjagt sie das blutrothe Leben.
Leise zerstirbt in veilchenfarbenen Duft das grosse
Triumphroth,
Sinkt, sinkt, sinkt
In die Nacht.

Nun schwebt,
Eine trauernde Herrscherin,
Auf kalten Winden,
Lastenden Flügelschlags,
Lässig,
Schwer
Die Nacht
Herein.

Lange noch hielt mich diese tiefe,
Glutengewaltige Schönheitsbrunst,
Und zu langsam drum begab ich
Mich zum Porter- und Aleziele,
Bis ich schliesslich Dich verlor.
Einsam sitz ich nun und schreibe.
Gläserklirren, Stimmenrauschen,
Unterirdisches Pochen und Pusten
Der Maschine, die Dich immer
An die amerikanische Reise
Seltsam mahnt, umklingt mich wirr.
Flasche um Flasche bringt mir Betty,
Glas um Glas im Schreiben trink ich,
Trink ich Dir und unserer Freude
An der erdruchkräftigen Wahrheit.
Hurrah hoch, mein Meister Detlev!
Dein Spruch tönt mir laut im Herzen:
„Blutlebendig, lebenbeglückt,
Leben, Hurrah!"

Fabel.

(Für zukünftige Kritiker, die jetzt noch Kinder sind.)

Lau die Luft, Glück und Glanz;
— Surre, surre, sum —
Falter- und Libellentanz;
— Surre, surre, sum. —

Brummt die braune Hummel her;
— Brum, brum, brum —
Trägt an ihrem Pelze schwer;
— Brum, brum, brum. —

Falter und Libellen fort
In den Sonnenschein.
Hummel brummt: „Wo sind sie?" — Dort!
Hummel hinterdrein.

Falter und Libellen sind
Glücklich in dem Licht.
Hummel wird vor Sonne blind,
Licht verträgt sie nicht.

Ach, wie ist der Pelz so dick!
Ach, es geht nicht mehr!
Hummel fällt und bricht's Genick,
Kommt zu Falle schwer.

11

Wieder weht herein der Tanz,
— Surre, surre, sum —
Falter- und Libellenkranz
— Surre, surre, sum. —

Die Moral von der Geschicht'?
— Surre. surre, sum —
Wer's nicht weiss, kapiert's auch nicht.
— Brum, brum, brum. —

Farben.

Auf dem Moose mein Kopf,
In den Himmel mein Blick,
In die Himmelsbläue durch Blättergrün,
In die klare, stille, unendliche Welt
Der leuchtenden Luft.
Wie im Märchen, gebannt
Zu schweigendem Schlaf,
Starr stehen die Bäume.
Kein Wipfel rauscht,
Es schaukelt kein Blatt,
Kein Vogel hüpft
Von Zweig zu Zweig,
Von keinem Zweige
Klingt Vogelgesang.

Dem schönheitsoffenen Auge allein
Gehört diese stumme, lebendige Welt.
Des Himmels Blau,
Der Blätter Grün,
Der Stämme und Aeste Schwarz-Grau-Braun:
Sie leuchten ein Lied in den lauschenden Blick,
Wohl lautlos, still, doch voll Harmonie
Und lebenden Glückes voll, das fest
Im Herzen haftet, wie ein Gesang,
Der leise später aus Herzensgrund
Erinnerungsmelodien herauf
In flatterndem Schwellen erklingen lässt

11*

Du sinnst und fragst: Wo kamen sie her?
Wo klangen sie einst sich
Ins Herz mir ein?
Und lauschst dem Lied aus der eigenen Brust,
Und tauchst hinab in des Glückes Tiefen,
Aus denen geheimnissdämmerweich
Der süssen Töne Erinnerung quillt. . . .

Wo klang so voll und zart in Eins
Das Himmelsblau,
Das Blättergrün,
Von wechselndem Grau dumpf untertönt?

Die stumme, leuchtende Melodie
Drängt tief ins Herz:
Ich fühle, einst
Klingt sie herauf
In farbenleerer, dunkler Zeit.

Mein Auge trinke, trinke die tönende, leuchtende Fluth,
Sauge, sauge sie ein, oh Herz,
Waffne, rüste mit Schönheit dich
Gegen die Finsterniss!

Bilder von Böcklin.

An Wilhelm Weigand.

I.

Die Todteninsel.

Ganz einsam liegt im riesigen Ozean ein stiller Platz.

Steinriesen warf die Natur mitten in salzige Brandung, Menschenhände bauten Kammern hinein zur Ruhe der Todten. Auf dem starren Gestein, dem kalte Winde von fernher kümmerliche Ackerkrume schenkten, wächst kein Leben ausser dem Todtenbaum, der düster wilden Cypresse.

Sie winkt, sie winkt, die dunkelgrüne Flagge des Todes.

Im grellrothen Mantel, den kein Wind bewegt, der todt hinabfällt an dem starr gereckten Leibe, steuert ein Ferge den Leichenkahn dem dunklen Ruhethale zu.

In weissem Linnen liegt die Leiche, lang gestreckt.

Vom Leben draussen dringt nur ein leiser Plätscherschall matt ersterbender Wellen in diese grosse, heilige Stille.

II.

Pan im Schilf.

Der grosse Pan ist todt! Neue Götter kamen. Trauere, heiteres Heidenthum. Der grosse Pan ist todt.

Aber nein, — er lebt. Er stahl sich in Einsamkeit, müde der Herrschaft.

Sinnend sitzt er im raschelnden Schilfe und freut sich der blitzenden Sonnenstrahlen, die ihn besuchen.

III.

Die Heimkehr des Schweizers.

Ein Schweizer Landsknecht kehrte heim von seinen Fahrten in fremdem Solde.

Nun ist er dem Rauch seines Heerdes wieder nahe und seinem Frieden.

Ehe er einkehrt in seine niedere Hütte hält er letzte Rast am kleinen Wasserspiegel eines Weihers.

Im stillen Wellenaufundniedergang des Wässerchens sieht er sein ruhig gewordenes Herz und denkt der überwundenen grossen, rauhen Stürme.

IV.

Frühling.

Der Thauwind küsste die schlafende Erde
wach.

Sie hob die Fesseln des Winters mit keimen-
den Trieben, und sie that an die Farbe der
Hoffnung, das zarte Maiengrün.

Freiheit und Freude singen die Winde und
neues Werden. In Hoffnungssinnen hütet die
junge Nymphe den wieder sprudelnden Quell.

Ein kleiner Vogel sitzt auf ihrer Linken
und singt sein erstes Frühlingslied.

Oben am Rande des Wiesenhügels tanzen
Amoretten einen bunten Ringelreihen: ihre
Zeit ist gekommen. Nun dürfen sie fröhlich
sein. An der Quelle unten schöpft sich Frische
Alter und Jugend. Ein alter schmeerbäuchiger
Faun spürt schon die erste Hitze und pustet
vom schnellen Lauf in der Lenzsonne. Der
Junge mit dem fröhlich bewegten kurzen Ziegen-
schweif, der roth gesunde, wurde nicht müde
in der Frühlingswärme. Ihm gab sie Durst und
Sehnsucht.

V.

Der Ritt des Todes.*)

Die Herbstnacht ächzt unter stossenden Winden, die durch die Wipfel der Bäume rasen und schnelles Sterben künden. Seltsam violette Farben geistern durch die Luft, Farben der Herbstzeitlose, die des Todes Lieblingsblume ist.

Da kommt er geritten, der Allbeherrscher, der einzige Unsterbliche, der kalte Tod.

Eines riesigen Rappen gewaltigen Leib umzwingen die Knochenschenkel. Als zitternder Gruss des grossen Sterbens tanzen ihm entgegen die raschelnden Blätter, ein wirrer Reigen ohne Fröhlichkeit.

Es wanken die Mauern; der Mörtel, der lange sie hielt, zermorscht: Moder duftet, wo der Tod reitet.

Grellzuckendes Licht der Zerstörung glüht ihm voran, dem grossen Verderber.

*) Aus dem Prachtwerke „Arnold Böcklin" (Münchner Kunst- und Verlagsanstalt Dr. E. Albert & Co.).

Zwei Prinzessinnen.

Die Prinzessin fährt zum Hochzeitsfest,
Vier Schimmel am Wagen,
Mit rotem Kragen
Die Kutscher und silberbetresst —
— Trara! —
Hell schmettern Trompeten und Trompetinen,
Prinzesslein sitzt da mit süssen Mienen
In Galatoilette und Gloria.

Die Menge verneigt sich und hebt den Hut;
Wie prunkt die Carosse!
Wir stehn in der Gosse . . .
„Ach Gott, so Eine hats gut . . ."
— Trara! —
Hell schmettern Trompeten und Trompetinen;
Eine Kleine sagts mit sauren Mienen
Und glänzt doch in Schönheit und Gloria.

Die Prinzessin hab' ich nicht mehr gesehn,
Ich sah nur die feine,
Die liebe Kleine
Im wollenen Röckchen stehn, —
— Trara! —
Hell schmettern Trompeten und Trompetinen,
Doch Alles hat golden überschienen
Der armen Schönheit Gloria.

Barocke Bilder.

An Otto Erich Hartleben für den Pierrot lunaire.

I.

Die Sonne ging unter, der Mond steigt auf,
Sonngoldenes Roth Westwolken berändert,
Drüben in geisterleisem Lauf
Mondsilberhuschestrahl schlendert.

Sterbeverzuckendes, rieselndes Roth;
Sonne, das Heldenherz bricht im Tod,
Das flammende Leben versinkt.
Schau, wie die wimmernde Nacht, die kalte,
Eifersüchtige Alte,
Das dampfende Herzblut trinkt.

II.

Die goldene Wärme schwand in die Nacht,
Nun ist der kalte Spott erwacht,
Der sich ins tiefste Erdenloch
Vor der schenkenden Güte verkroch.
Es glitzert frech,
Ein Schild von Blech,
Der leere Mond über des Tages Leiche.
Seine Strahlen sind Seelen vom Schattenreiche.

III.

Der Mond wirft seinen Silberspeer
Nach dem Herzen der Erde,
Dass sie wie er
Ein spukender Leichenstern werde.
Seit Jahrmillionen ohn' Unterlass
Will er sie tödten,
Aber sein Hass
Muss fliehn,
Sieht er am Himmel ziehn
Das Purpurlebensmeer der Morgenröther.

Noch schlägt das Herz der Erde heiss
In Lieben und Gebären,
Noch dreht der alte Wandelkreis:
Samen, Blüthen, Aehren, —
Zeugen, Geburt und Tod,
Wann wird es stille?
Wo glüht das Urgebot,
Wo wacht der Wille?

Mönchs Kunst, zu lieben.

(An Arno Holz.)

In einer Klosterbücherei,
Voll ausgestopft mit Kirchenvätern
Und sonstig heiligen Schweinsledern,
Sankt Augustino grade nebenbei,
Fand ich, vor Schrecken fiel ich um,
Ganz kürzlich dies Opuskulum.
Es war auf Pergament gemalt,
Bunt golden fein verinitialt,
An Schnörkeln reich und Schilderein
Und lag in einem Eichenschrein;
Der war geschnitzt, ach, so süperbe!
Gott segne unser Kunstgewerbe.

Ich glaubt, dass es was Frommes wär,
Ein Andachtbuch, voll von Gebeten,
Legenden von Anachoreten,
Dogmatika und derlei mehr,
Und macht mich langsam drüber her;
Denn wenig interessirt mich so was,
Dieweil ich ein ungläubiger Thomas.
Doch kaum las ich die erste Zeile,
Kam ganz bedeutend ich in Eile,
Denn keine frommen Litanein
Barg dies barokke Kraftlatein,
Im Gegentheil, ich fand geschrieben
Ganz schlecht und recht die Kunst, zu lieben.
Nicht in ovidischer Manier,

Bald Contredanse, bald Brunstturnier,
Nicht südlich, abenteuerlich,
Nein, urdeutsch bergwaldbäuerlich,
Mit Bärentatzen hingehaun
Und plump possirlich anzuschaun.
Mag wohl ein Mönch gewesen sein,
Der sich in Waldeinsiedelein
Zurückezog aus Liebeswogen,
Der sich mit Heckendorn umzogen
Sein kleines Haus, dass nicht ihm nah'
Frau Venus pandämonia,
Die früher ihm den Leib zerrissen
Mit ihrer Süsse Bitternissen,
Die tiefe Kunde ihm gelehrt,
Als sie sein heisses Herz versehrt.
Ich glaub, er war von Bauernstamm,
Ein derber Kerl, behaart und stramm,
Kein blasses Pfaffenangesicht!
Sein Gang war grad, sein Blick war licht.
Wenn segnend er die Hände streckte,
Er sich in Mannheit aufwärts reckte.
War er in seiner Zell allein,
Goss aus sein Herz er in Latein;
Dem fehlte alle Zierlichkeit
Und rhythmische Manierlichkeit,
Es war aus deutschem Herzenssaft,
Voll tumper teutscher Bauernkraft,
Kein Wort zu weng, kein Wort zu viel,
Im derben Eichenknorrenstil.
Und doch so fein gemalt, getuscht,

Von Rauschgoldbronze überhuscht,
Mit Rankenreben reich verziert,
Mit Bildwerk viel verkleinodirt,
Voll Kunst und Liebe, Preis und Pracht,
Es hat der Fleiss daraus gelacht.

Das las ich nun und war entzückt,
Von fremdem Glücke überglückt,
Denn das sah klar ich wohl daraus:
Die Liebe band ihm manchen Strauss,
Bis er, wer weiss, weshalb, warum,
Einkroch ins Monasterium.
Gern hätt ich alles abgeschrieben
Aus dieser sondren Kunst, zu lieben,
Doch kaum zu lesen fand ich Zeit.
Des Paters Widerhaarigkeit,
Der dieser Bücher Wächter war,
Erahnte weltliche Gefahr
Und trieb mich bald vom Pergamente.
Ich schrieb nur ab das kurze Ende,
Das kürzlich überschrieben hiess:
Memento vir ut Dominus sis!
Ich übersetze das krause Latein:
Bedenke, Mann, Herr sollst du sein!
Was unter diesem Titel stund,
Sei ausgedeutschet hiermit kund.
Es ist nicht eben sonders fein,
Doch gröber noch klangs im Mönchslatein:

Das Weib ist süss und warm und zart
Und geht dir linde um den Bart,

Es setzt sich leicht dir auf den Schoss
Du fühlst sie kaum, die liebe Last,
Doch wenn du sie im Herzen hast,
Dann wird sie schwer und mächtig gross,
Und greift dir um den ganzen Leib
Und machte dich selber gern zum Weib,
Und saugt dich aus und macht dich leer,
Als wenn sie des Teufels Lunge wär,
Und macht dich aller Mannheit bar,
Möchte dich haben ganz und gar,
Und macht dich schwach und macht dich klein,
Als wie ein Taubenfederlein,
Und eh du dir es nur gedacht,
Hat sie zum Nichtschen dich gemacht.
Drum halt dich fest und starr und stark,
Bleib Mann, o Mann, Mann, bleibe Mark!
Halt ihr aufs Auge deine Faust,
Eh du als Seufzerthräne thaust,
Mach deine Lieb ihr nicht gemein,
Lass sie in Zweifeln ängstlich sein,
Sonst bringt die Siegerin dich um
Im Liebesspielmartyrium.
Ist deiner Lieb sie zu gewiss,
Braut sie aus Launen Bitterniss,
Lässt tanzen dich wie einen Bär,
Lässt los auf dich ein ganzes Heer
Von Künsten böser Zauberei,
Nicht eine Stunde bist du frei,
Musst laufen wie behängt mit Kletten,
Kannst nimmer dich vor Launen retten.

Die Blicke schwirrn von ihr wie Bienen
Nach andrer Männer süssen Mienen,
An jedem Zucker muss sie lecken,
Möcht gern aus fremden Töpfen schlecken,
Und nur aus einem Grund all dies:
Sie langweilt sich im Paradies,
Sie hat es eilig sattgekriegt,
Dass du zu weich sie eingewiegt.
Doch bist du harter Mannheit klug,
Kriegt nimmer sie an dir genug,
Hältst du im Zaum sie herrisch fest,
Sie nimmer, nimmer von dir lässt,
Und küsst die Hand, die schwer und rauh,
Und ist gar eine liebe Frau.

Eins ist vor allem andren noth:
Die Lieb sei ihr nicht täglichs Brot:
Du musst sie nicht gar übersüssen,
Lass sie zu Zeiten Hunger büssen,
Und gieb ihr wie dem kleinen Kinde
Statt Zuckerzwiebacks harte Rinde.
Dass ihrs ein tiefersehntes Fest,
Wenn du sie wieder kosten lässt
Vom süssen Liebeszuckerwecken,
In dem gar viel Rosinen stecken
Für ihrer Zunge Lüstigkeit.
Und gieb ihr auch von Zeit zu Zeit
Vom Bittersten ein wenig ein:
Lass sie recht eifersüchtig sein.
Lass sie in Aengsten um dich warten,

Derweil du gehst in fremdem Garten;
Da soll sie hinterm Gitter stehn
Und durch die Rosenbüsche sehn,
Wie du vergnügt herumspazierst
Und dich gar weidlich erlustirst.
Oh, wie sie froh dich dann empfängt,
An deinen Hals sich glücklich hängt,
Wenn sie in Aengsten hat gebangt:
Ob er wohl nach der Rose langt?
Doch treib zu weit nicht dieses Spiel
Und schiesse hier nicht übers Ziel!
Hart sollst du, doch nicht grausam sein,
Gieb nicht zu viele Pillen ein
Von dieser bösen Bitterniss,
Sonst dreht die Holde dir den Spiess,
Dass er dir deine Brust zerreisst
Und dich die grosse Sorge beisst:
Ob sie nicht auch lustwandeln geht,
Wo fremder Früchte Süsse steht;
Denn dann ist Fried und Freude aus,
Hornissennestwild wird dein Haus,
Und in dem Hinundwiderkriegen
Wirst stets der Frauen du erliegen,
Die Meisterin ohne gleichen ist
In böser Launen Stachellist.
Von ihrer Lippen schönem Bogen
Kommt giftschwer mancher Pfeil geflogen,
Der tief sich in das Herz dir frisst,
Bis siech und todeswund du bist.
Die Frau, der du zu weh gethan,

Da sie dich sah in Liebe an,
Sie wird von Hasse schlangenwild,
Und ob sie auch der Taube Bild.
In ihres Auges Tiefe ruht
Der Höllenflamme Wütheglut,
Ein wüster Wurm hält davor Wache:
Zertretner Liebe wilde Rache.

Das war der Schluss der Mönchenlehr.
Weiss nicht, obs meine Sache wär,
Nach ihr zu leben und zu lieben.
Ich hätt ein andres Lied geschrieben,
Nicht also rauh, voll Fährlichkeit,
Ein sanfteres Lied aus sanfterer Zeit.

Das ist der Zeiten Unterschied,
Die Liebe wechselt und das Lied.
Doch wie auch Art und Ton vergeht,
Im ewigen Wechsel um sich wendet,
Die Sache selbst bleibt ungeendet:
Die Liebe und das Lied besteht.

Sonntagmorgen.

(An Gabriel Max in dankbarer Verehrung.)

Durch den breiten Fensterbogen
Blick' ich hinaus in stürmischen Frühling.
Grobgraue Wolken in dicken Flocken
Schieben sich drängend über das bleiige
Blau des Himmels, schwarze, geballte
Wolkenfäuste drohend voran.
Unten der Sturm faucht in das junge Grün
Wie eine gierige Löwenkatze,
Zaust die buschigen Wipfel, rauft,
Zerrt in den zitternden Locken des Laubs.
Steinern starr, spitzig schlank,
Ragt im grünen Sturmgeschwank,
Schnörkelblütig, rankenumklettert,
Keck in die Höh' zu den jagenden Wolken,
Hochaufreckend ein goldenes Kreuz,
Der gothische Thurm.
Und es klingt durch den Sturm
Vom Thurm herab,
Dunkeltönig, wellig, breit,
Dumpf, ernst, tief
Kirchengeläute:
„Kommt — kommt, kommt — kommt,
Gott — ruft, Gott — ruft, —

          Kommt . . .!"

Der Sturm stösst weiter, die Glocke verklingt,
Die Wolkenfäuste spreizen die schwarzen,
Knolligen Finger: Der Regen träuft.

12*

Da schweigt der Sturm.
Ein Nebelgespinnst, eintönig grau,
Schwankt vor dem Fenster.
Leises Rieselrauschen flirrt,
Frische Düfte athmenden Lebens
Kühlen herein.
Und ferne, ferne, über dem Mosaik
Des langen Kirchendaches (ein Messgewand,
Steif golden hangend von Priesterschultern)
Thut lachend ein blaues Himmelsauge
Sich heiter auf.
Fröhlichen Lichtes ein kleines, blaues
Flämmlein, blinzelt es liebenswürdig
Und ein wenig malitiös
Ueber das protzige, fromme Dach,
Lacht und leuchtet, lacht und leuchtet,
Und wird grösser im Lachen und Leuchten,
Und unermesslich gross
— Gottes Auge! —,
Wie die dumpfen Kirchenglocken
Heimwärts bimmeln ihre Heerde:
„Geht — geht, geht — geht!
Fromm — fromm, fromm — fromm,
              fromm . . . . .“
Heiter milde lacht das grosse,
Blaue Gottesauge.

Cantus Lyriculorum.

Wir sind die Zarten und Leisen,
Die Süssen, Sittsam-Frommen,
Die Tugend thun wir preisen
In glättlich-netten Weisen.
Bei jungen Mädchen sind wir stets willkommen
Mit unserm Bimmel — Bammel — Bimmel,
— Hilf Gott, wie reizend, — ewiger Himmel!

Wir sind gefüllt mit Wonnen
Gar süss, wie Pfannenkuchen;
Kaum hat die liebe Sonnen
Mit ihrem Glanz begonnen,
Beginnen wir, uns Reimelein zu suchen
Im Ton von Bimmel — Bammel — Bimmel,
— Hilf Gott, wie reizend, — ewiger Himmel!

Nur eins kann uns erregen
Und aus der Ruhe bringen:
Sobald zu stärkern Schlägen
Die Herzen mag bewegen
Das neue Volk mit seinem lauten Singen.
Wo bleibt denn: Bimmel — Bammel — Bimmel?!
— Oh Sündenfrechheit! — Ewiger Himmel!

In Bann mit diesen Neuen!
Henkt, henkt die Unverschämten,
Die sich vor gar nichts scheuen,
Die uns mit Wahrheit dräuen,

Die selbst, ihr Götter! sich nicht anbequemten
Dem einz'gen Bimmel — Bammel — Bimmel!
— Du stehst noch fest, — oh ewiger Himmel?!

    Wir blasen die Hirtenflöten
    Und zupfen an der Leyer,
    Wir singen von Liebesnöthen,
    Doch Keine braucht erröthen.
(Ein jeder Vers — en gros — kost't blos 'nen Dreier.)
Und dabei Bimmel — Bammel — Bimmel!
— Hilf Gott, wie billig, — ewiger Himmel!

    Statt Blutes fliesst uns stille
    Süss-Syrup durch das Herze,
    Lammfromm ist unser Wille,
    Zart-rosa unsre Brille,
Gar süsse wonnelt's uns sogar im Schmerze —:
Es tönt halt: Bimmel — Bammel — Bimmel,
— Und das beruhigt, — ewiger Himmel

    Wir sind von kluger Kühle,
    Gar fürsichtig-gemessen;
    Auf rosigem Wolkenpfühle,
    Weltfern dem Zeitgewühle
Lässt klimpernd sich das düstre Heut' vergessen
Im holden Bimmel — Bammel — Bimmel.
— Hilf Gott, wie reizend, — ewiger Himmel!

Frühlingskur.

Pfingstwunder blühn auf Deinem Hute,
　Aus Deinen Augen lacht der Mai,
　Dein Herz ist längst vom Winter frei,
　Du flinke Fee vom Fingerhute.

Mir aber hockt noch in den Gliedern
　Das Winterwehthum dumpf und schwer.
　Kurire Du mich, und ein Heer
　Dicht' ich zum Danke Dir von Liedern.

Und, das versteht sich wohl am Rande,
　Nicht Lieder bloss, nein, Küsse auch,
　Und was uns sonst des Frühlings Hauch
　Einschmuggelt noch als Contrebande.

Wie sie da lacht, die süsse Pute!
　Nun bin des Frühlings ich gewiss;
　Des Winters Wolkenpelz zerriss
　Die flinke Fee vom Fingerhute.

Metamorphosen.

Winterkrank war meine Seele, und sie kroch wie eine faule Kröte zwischen kalten Steinen.

An den leeren Stunden klebte sie wie eine müde Fliege am angelaufenen, undurchsichtigen Fensterglas.

Sonst war meine Seele ein Schmetterling, ein leichter, feiner, blüthenverliebter Schmetterling, der sich im Sonnenscheine von weichen Winden gerne tragen liess, wie ein Blumenblatt; und er steckte sein Saugrüsselchen gerne in alle Süssigkeit, und er berauschte sich gerne an Tausendblumengeist, und im offenen, samenstaubduftigen Schosse üppiger, buttergelber Rosen schlief er gerne, der sorgenlose, leichtsinnige, frei schwebende Schmetterling meiner Seele.

Weisst du noch, meine Seele, wie du zum letztenmale Schmetterling warst?

Das war ein heller, herber Tag, hell wie ein braunes Mädchenauge, in dem der Spott lacht: „Liebe, — was ist denn das?"

Solch' ein Tag war's: Herbstbeginn.

Da flogst du, meine leichtgläubige Seele, durch die kalte Helligkeit und suchtest Blüthen; aber fallende Raschelblätter, niederzitternd in zagender Schwäche, störten deinen Flug, und du wurdest verzagt und frorst in dieser leeren Helle.

Da wurdest du ein kriechendes Thier, meine Seele, und du hast dich verkrochen vor dem lieblosen Winter und dumpf geschlafen.

Ohne Seele, ohne Liebe, ohne Rausch und Taumel ging ich durch diesen Winter, ein verdrossener Krüppel, und sah ich die Sonne, so fragte mein Auge: „Was soll diese blinde, angelaufene Scheibe?"

Ein einziges, grosses Elend war mir dieser Winter.

Da, mitten in der Nacht, gestern, wachte meine Seele auf, und ich fühlte es deutlich: sie hob Flügel wieder, meine Seele, und sie ist wieder Schmetterling.

Und ich weiss: Zwei blaue, leuchtende Blumen sucht sie, und nie noch kostete sie solche Süssigkeit, wie in diesen beiden blauen Blumen ist.

Gebet.

Oh Goethe, Goethe, ewig Lebendiger!
Du Gott der Jugend, die in Versen athmet,
Sieh mich vor Deinem Bilde stehn und weinen.
Ich weine Jubeldank Dir, stürmischer Gott,
Ich liebe, liebe Dich.

       Bet ich zu Dir?
Mir ist, Du sei'st mir nah, ich fühle Dich,
Ich spreche zu Dir, ich vertraue Dir,
Was mir an Hoffnung keimt und was mir schmerzlich stirbt,
Und fleh' um Segen Dich für jede That,
Zu der mich Liebe treibt.

Oh Goethe, Gott in meinem Herzen Du,
Du Held und Heros, Deutscher und Hellene,
Heiland, der mir das Heidenthum bescheert,
Die grosse Religion des Dionys,
Die Rosenreligion, die tanzend beten lehrt
Und deren Symbolum die Sonne ist,
Verhunderttausendfacht in schönen Mädchenaugen, —
Oh Goethe, schenke Deine Gnade mir,
Die Gnade Deines Lieds und Deiner Liebe.
Lass mich ein Abglanz sein von Deiner Herrlichkeit,
Ein Sonnenstäubchen Deiner Füllepracht,
Und ein Atom von Deiner Gotteskraft,
Die liebend Leben schuf im deutschen Lied.

GUSTI

 Ein Cyclus Liebe.

I.

„Durch dunkle Gassen mit hundert Küssen."

Im Heidenlärm der Tanzmusik,
Im Tabaksqualme, schwer und dick,
Warf zu das Glück mir einen Blick,
Einen goldenen Blick aus zwei heissen Sonnen.
Du warst an meiner Seite.

Der laute Lärm verschwamm, verrann,
Nun huben erst ihr Leuchten an
Die Sonnen, da die Nacht begann,
Die himmlischen Sonnen Deiner Braunaugen.
Du warst an meiner Seite.

Heil uns: die Nacht, die finstre Nacht!
Nun schnell uns auf den Weg gemacht!
Ich habe Dich nach Haus gebracht
Durch dunkle Gassen mit hundert Küssen.
Warm nah Du mir zur Seite.

Leis klirrend schlug Dein Hausthor zu.
Am Fenster Licht. Dann Nacht und Ruh.
Bald lagst in Schlaf und Träumen Du,
Ich aber ging weiter durch nächtige Felder,
Die Liebe ging mir zur Seite.

II.

Jenseits von Gut und Böse.

Schwül war der Tag . . .
Auch das Gewitter, das aus schwarzer Wolke
Fegenden Regen in das Seegrau goss,
Gab keine Kühlung.
Unbewegt das Laub,
Durstdürr.
Und auch mein Herz war schwül,
Von Sehnsucht schwül nach Dir
Und Deinem Heissesten.
Und Dir auch dürstete das Herz
Und alle Sinne,
Und Deinen schmiegeweichen Leib an mich
Hast Du gedrängt,
Bittend aus Sehnsuchtsschwüle.

Da sahen unsere Seelen sich nackt in Liebe,
Und segenfeierlich vereinte uns Natur.

Wie im Garten
Des Paradieses, ehe die Schlange sprach,
Also erkannten wir uns wie im Traum

Und waren selig.
Wortelos
Im Arm uns lagen wir und kosteten
Vom Baume holdester Erkenntniss.

Schwül war der Tag,
In Schwüle ging die Nacht.
In segenschwangerer Wolke schwebten wir
Jenseits von Gut und Böse.

III.

Die Römerschanze.

1.

A la Bonheur! Strategischen Blick
Hatten die Römer und viel Geschick,
Muss ich sagen, im Schanzenbauen.
Hoch steh' ich oben in eifrigem Schauen
Durch den schönen Septembertag,
Ob sie nicht endlich kommen mag.
Unten der See liegt unbewegt,
Oben im Walde kein Wipfel sich regt,
Ringsum auf Feldern mit Sensen und Sicheln
Wimmelt's von Hansen und Franzen und Micheln;
Feierlich bummt es vom Klosterthurm sechse,
Hurrah, da kommt meine braune Hexe.
„Schneller, schneller, ich warte Dein!"
Hollah, da rennt sie querfeldein,
Fliegt an die Brust mir mit einem Sprunge,
Stürmisch heb' ich sie hoch im Schwunge,
Kuss und Umarmung, eins, zwei, drei,
Und im Grase liegen wir zwei,
Rollen die Böschung hinunter weich,
Rollen direkt in's Himmelreich.

Keiner stört uns. Schanzenumschützt
Haben wir römische Kriegs-Kunst genützt.
Was vor vielen hundert Jahren
Schutz gewesen den Legionaren
Gegen Attaque und Ueberfall,
Ward uns zum bergenden Liebeswall.

Lieb' ich auch sonst nicht die harte Stadt,
Die eine Wölfin im Wappen hat,
Heute sing' ich ihr Preis und Lob,
Dass sie die schützende Schanze uns hob,
Die uns ein Liebesbette bot
Bis in's erlöschende Abendroth.

2.

Frau Roma hat uns das Bett gemacht,
Die goldene Sonne hat drüber gewacht,
    Ei jo!
Vom blauesten Himmel wars überdacht.

Das hohe Gras war flaumfederweich,
Ein Cäsar machte den Boden uns gleich,
    Ei jo!
Wer hat ein Bett so rar und reich?

IV.

Epistel von meinem Glücke.

(An Detlev Liliencron.)

Schreiben muss ich im Tanztakt, Lieber,
Tanzen muss ich die Feder lassen,
Denn ich bin glücklich.

Hätt' einen Hengst ich, ich liess' ihn satteln,
Ueber die nächtigen Felder ritt' ich,
Söge die Sommernachtluft im Trabe,
Riefe ins Dunkel der Nacht mein Glück.
Aber kein Reitross steht mir im Stalle,
Nur einen klapprigen Klepper hab' ich,
Jenen berüchtigten, aar-schwingenruppigen,
Vielgeschundenen, flechsenverdehnten,
Durchgesessenen, hinterhandhinkenden,
ὠποποι, ὠποποι: Pegasus.
Den nun lasse ich vor dir tanzen,
Wie er's vermag, der unglückselige,
Schwinge mich ihm auf den dürren Rücken.
Vor mich nehme ich: SIE.
SIE!
Zierlich setzt sie den Fuss in den Bügel,
Greift in die alte, dünnhaarige Mähne,
Schwippt mit der Gerte die ledernen Flanken,
Hopsa, nun gehts über Stock und Stein.

Nein!
Bleibe zu Hause mein Hippogryphe,
Kaue Vergissmeinnicht von der Raufe,
Friss du in Ruhe dein Gnadenbrod.
Aber die Feder, die Feder soll tanzen,
Singen und sagen will ich mein Glück.
Langsam, langsam! Was soll das Tollen.
Hübsch gemächlich wähl ich den Takt mir;
Will der Trochäus zum Daktylus hüpfen,
Nehm' ich in Selbstzucht meine Gefühle,
Leite mich um in jambischen Trott:

⏑ ─́ ⏑ ─́ ⏑ ─́ ⏑ ─́ ⏑ ─́ ⏑ ─́

Die Sommernacht ist allen Friedens voll,
Viel tausend Sterne stehn am Himmelsplan,
Und jeden Sternes Augenzwinkerlicht
Ist mir ein Gruss aus aller Welten Glück:

Die Welt ist glücklich, denn die Welt ist schön,
Die Welt ist glücklich, weil ich glücklich bin.

Klagt da ein Ruf aus dunkler Ferne her?
So komm zu mir, der du in Schmerzen schreist.
Schau in mein Herz, da flammt der Liebe Licht,
Wärm deine Not an meines Herzens Herd.
Komm und sei glücklich, weil ich glücklich bin.

Wer murrt da in der Ecke? Schweige, Tropf;
Ich kenne dich, du liebst das Eckenstehn,
Das aus der Ecke Schielen auf das Glück
Und dumpfes Murmeln; schweige, dunkler Geist
Der faulen Dummheit, die nicht fliegen kann
Und neidisch allem Flügelfrohen ist.

13·

Du schimpfst das Glück, weil du es nicht verstehst.
In Käseblättern schmierst du dich herum
Und prahlst auf weithinragender Tribüne,
Doch stets geduckt. Ich hör', ich hör' dich nicht.
Denn ich bin glücklich.

Was ist mein Glück? Ein braunes Augenpaar,
Ein warmer Druck von einer weissen Hand
Und Sehnsuchtsfeuer, das von Lippen glüht,
Die meinen Lippen gern Genossen sind,
Geschwisterlich in heissem Kuss geeint.

Dass ich es bannen könnte, dieses Glück,
In einen Vers ausgiessen golden klar
Und unvergänglich, aller Menschheit Gut.
Und doch mein Eigen! Keiner rühre dran!
Ich schlag ihn todt, bei Gott, den geilen Hund.
Der mir mit frecher Hand mein Glück berührt.
Ich schlag ihn todt, den Sonnenfrevler todt! . .

Jagt mich mein Glück aus Liebe so in Wuth?
Macht mich verrückt mein Glück, dass ich umarmen
Die ganze Welt in Heilandsgluthen möchte
Und in Umarmung pressen in den Tod? . . .

Dies Glück ist wie Natur: in Liebe grausam,
Wollüstig wüthend. Oh du grausam Glück!
Dich selber möcht' ich morden, peinigen,
An deinem Sterbezucken mich erfreun,
Hinröcheln meinen letzten Athemzug
In deinen Tod, vergehn, vergehn mit dir!

Da blick ich in die schöne Sommernacht,
Ins Sterneschweigen, in den dunkeln Frieden,
Der seine Schleier schlägt um alles Sein.
Und ruhig werd' ich. Aller Welten Glück
Erahn' ich wieder, wieder schenkt mein Herz
Des stillen Heerdes freundlich liebe Wärme.

Als kehrt' ich heim von einem heissen Ritt
Ist mir zu Muthe jetzt. Es hat mich durchgerüttelt.
Und mir im Arm liegt sie, so müd, so hold.

Gehn wir nun schlafen, Schatz? Ach, wie sie gähnt.
Und ihren braunen Augen deckt sich leicht
Der schwarzen Wimpern Schutz. Wir gehn zu Bett.

Vampyr.

Im hellen Herbstwald auf buntem Laub
waren wir wie Kinder und küssten uns un-
schuldig in linder Liebe.

Bubenmädel, Bubenmädel, wie lachten
deine Augen, die hellen, braunen, wie lag
dein liebes Köpfchen so leicht auf dem Laube,
und leicht auch lagen meine Lippen auf deinen.

Aber die Nacht kam auf Katzenpfoten, die
schwarze, schwere, schweigende Nacht, und
schwül war's im Zimmer. Das gelbe Licht der
schwebenden Lampe lag wie leuchtender,
feuchter Nebel über dem Raum, und deine
Augen fragten ängstlich aus dem gelben Dämmer.

Braune, brütende, unselige Augen. In ihnen
braute, tief unten, tief, brodelnder giftiger Gischt.

Oh du, du, du!

Und über dich hin warf mich die Wuth der
Liebe.

Und unsre Lippen lasteten aufeinander, wie alle schmerzlichen, sehnsuchtschmachtenden Sünden zweier Sterne, die sich im wirbelnden Weltall treffen und klagegellend sich um-klammern.

Oh du, du, du!

Und meine Augen gruben sich in deine, und meine Arme wanden sich um deinen Leib wie Raubthierpranken; und es stöhnte deine Brust, und deine Augen irrten wie verflogene Tauben.

Sie suchten den hellen Herbstwald und die Kindheit unsrer Liebe im bunten Laube.

Und fanden nicht und wurden schmerzen-starr und höllebrünstig heiss und hackten in mein Herz wie schwarze Adlerschnäbel.

Oh du!

Oh du!

Matt sank mein Haupt dir in den Schooss. Du bebtest.

Dann sprachst du leise wirre Worte und weintest.

Und deine Augen wurden wieder hell.

Weisst du es wohl, was zwischen uns geschehn?

Der Hass hat uns gepaart in wildem Kampf, der Hass von Mann zu Weib und Weib zu Mann, die heisse Gier, sich einzusaugen das fremde Herz und jeden Tropfen Blutes und jeden Athemzug.

Mein Herz und dein Herz haben sich geschaut im Kampfe, und kämpfend sich durchdringend sind sie in Eins geflossen.

Du bist nun ich, doppelt ist meine Seele. Ich habe das Weib erkannt.

VI.

Letzter Wunsch.

Dass Deine Hand auf meiner Stirne liegt,
Wenn mich das Sterben in der Wiege wiegt,
Die leis hinüber ins Vergessen schaukelt,
Von schwarzen Schmetterlingen schwer umgaukelt.
Ein letzter Blick in Deine braunen Sonnen:
Vorüber strömen alle uns're Wonnen
In einer bitter-süssen Letztsekunde;
Ein letzter Kuss von Deinem warmen Munde,
Ein letztes Wort von Dir, so liebeweich:
Dann hab' ich, eh' ich todt, das Himmelreich,
Und tauche selig in den grossen Frieden:
Der Erde Holdestes war mir beschieden.

VII.

Mir war die Liebe lange nur ein Spiel,
Leicht setzt' ich wenig ein und holte viel,
Und lustig warf den goldenen Gewinn
Ich gerne bald in and're Schürzen hin.
Oh ja, das Herz, es war wohl auch dabei,
Leis klang es mit wie ferne Melodei
Dem lauten Sang der tanzbewegten Lust,
Doch Stille war im Innersten der Brust.
Was da, von Friedensrosen mild umblüht,
Dem e i n e n Herz heiss entgegenglüht,
Du hast's zuerst geweckt; — nun ist es weh,
Das leichte Herz, ein wildbewegter See
Voll Ungethümen, die die Qual gebar,
Die doch nur Liebe, Liebe, Liebe war.

Ich weiss, Du lachst, wenn Du von Qualen liest;
In Deinem Herzen eine Blume spriesst,
Die leicht im Winde ihre Blüthe trägt,
Die nichts nach Qualenungethümen frägt;
Im eigenen Dufte wiegt sie her und hin —:
Die Blume ist Dein glücklich-leichter Sinn.

Sie soll Dir nie im Herzensfrost vergeh'n,
Aus jedem Leide soll sie aufersteh'n
Wie Maitaghelle, da der Winter schwand
Dem Sonnensiege in das Nebelland . . .

Was mir die Liebe und ihr Leid beschied?
Ich fühl' es schon: es keimt ein neues Lied.
Das wird von Dir ein glühend Singen sein,
Das wird aus Qualenwust mein Herz befrei'n.
Wie Thränensturz wird heiss sein starker Fluss,
Und aus dem Herzen kommt's in einem Guss,
Ich halte nichts, ich halte nichts zurück,
Im Lied verströme ich mein ganzes Glück.
Ob Du es fühlst, was ich Dir hier gesteh'?
Das fühlst Du wohl, es ist ein tiefes Weh
Und eine Gnade doch; es raubt und giebt . . .
Ob, Mädchen Du, wie hab' ich Dich geliebt!

VIII.

In einer Todtenkammer.

(Untreue.)

Warum bin ich von den grünen Wiesen gegangen und ging aus der lieben Wärme meiner zwei braunen Sonnen?

Da war des Lebens schenkende Güte, und alle Blumen blühten da für mich, und wenn auch Qual in meinem Herzen war, vor lauter Liebe Qual: ich war doch glücklich unter hellen Himmeln, und wenn ich tief in meine Seele lauschte, vernahm ich leise Geigen und Kinderstimmen.

Frühlingslieder, wenn auch der Herbst mit hohler Stimme sein hartes Lied, sein Herrscherlied im Todtentanze der dürren Blätter heulte: Hussah, der Heiland Tod, Hymen, Hymenäus! Frühlingslieder aus dem Rosengarten des Herzens, in dem die Engel des lachenden

Lebens sangen: Deine Liebe sangen und meine . . . Ach, wie so sanft war der Sang unsrer Liebe, sanft wie deine Blicke, mein Mädchen. —

Ein Wirbelwind warf mich von grünen Wiesen in starre, steinerne Strassen.

Die Sonnen versanken, die Blumen verblühten, in meinem Herzen stiert das Schweigen.

Herberge bot mir der Tod. Ich liege in dunkler Kammer, ein blasses Weib ruht neben mir: todt, denn es ist ohne Liebe.

Todt, todt, um Gott, mein Herz auch du? Oh!

Die Kerze flackt, ihre Flamme stirbt, es schwirrt eine grosse, schwarze Fliege matt im eisig stillen Raume.

Das blasse Weib mit dem wirren Haar und den grünen Schatten unter den verbuhlten Augen, — horch, wie sein Athem sich hebt. Oh Leben, wie weltenferne bist du mir: der Tod, der Tod ruht lauerathmend neben mir.

Lösch aus du letztes Licht in meinem Leben: heilige Erinnerung.

Ueber grüne Wiesen ein letzter Blick . . Sonnen! Sonnen! Sie löschen aus . . .

Da thut der Tod an meiner Seite die grünen Augen auf. Zwei weiche Arme pressen mich wild, zwei giftige Lichter stechen in mein Herz. Der Hölle Brünste fressen mich. Hussah! der Heiland Tod!

Es rauscht aus weiter Ferne wie ein Lied von Hunderttausenden, die glücklich sind . .

IX.

Brummständchen.

(Präludium auf der Maultrommel ad libitum.)

Hätt' ich Geld, ich wüsste wohl,
Was ich thät', genau:
Hätt' ich Geld, ich nähme dich
Augenblicks zur Frau,
Nähme dich und schleppte dich
In den Liebesbau,
Den ich baute, — hätt' ich Geld.
Hätt' ich Geld, ach, hätt' ich Geld.
Wärst du meine Frau.

Hätt' ich Geld, ich wärmte dir
Wohl ein Nesterl aus,
Hätt' ich Geld: bums in der Falle
Sässe meine Maus,
Nimmer liess ich, nimmer sie,
Nimmer sie heraus
Aus der Falle, — hätt' ich Geld,
Hätt' ich Geld, ach, hätt' ich Geld,
Meine liebe Maus.

Hab' kein Geld. Was ist denn das,
So ein Kassenschein?
Hab' kein Geld. Ja, Phantasie,
Phantasie ist mein.
Güter hab' ich auf dem Mond
Und im Herzen dein.
Leise brumm' ich: hätt' ich Geld,
Hätt' ich Geld, ach, hätt' ich Geld,
Wär' das Mädel mein.

X.

Erwachen in den grellen Tag.

Was war das für ein wunderreicher Traum!
Er hat mein Herz so innig warm beglückt...

Er führte mich auf grüne Wiesen aus
Voll Frühlingsblumen, — jeder Blüthe gab
Von Sonnengold er einen Glorienschein.
Hell war der Himmel und unendlich weit,
Leis wimpelte von säftevollen Zweigen,
Die glänzend überquollen in dem Licht
Des jungen Lenzen, unberührtes Grün.

Und alles war voll Glück, voll Glück auch ich;
Ein Sonnenstäubchen Glück: so fühlt ich mich.
Und durch die Welten wirbelte ich hin;
Licht war mein Herz, und meine Augen Glanz.

Die Wiese mit den Blumen... Langsam schritt
Ich durch das grüne Rauschemeer, ich führte
Am Arm ein Mädchen, und an meiner Brust
Hört' ich ein Klopfen, das wie Liebe klang,
So fragend zag und bittebang und tief;
Und zweier Augen heisse Seligkeit,
Ein Rosenhimmel, aller Gnaden voll,
Sah mir ins Herz und hellte mir ein Glück,
Das nie ich wusste, das mein Sehnen war
Durch lange, arme, liebeleere Zeit.

Das war die Liebe.

14

Leise wie ein Traum
Ist sie durch Seele mir und Sinn geweht,
Und ich war selig. Rosen sah ich rings,
Und Rosen deckten mir die ganze Welt,
Die Welt voll Gräuel, Traumesrosen deckten
Mit Blüthenranken mir die Wahrheit zu.

Die Sonne sah ich nur: ich sah nur dich;
Die Augen gingen über mir vor Glanz,
Ergiessen wollte sich das Herz vor Glück.
Bang überselig strömen in den Tod, —
Da wacht' ich plötzlich unter Thränen auf.

Was ich als Sonne selig angesehn,
Als aller Liebe, aller Schönheit Herd —
Ein einziger Blick verrieth mir blitzesgrell.
Dass eine Lüge meine Sonne war,
Ein schöner, böser, liebeleerer Stern.

Der Traum ist aus. Ich starre in mein Herz,
Ich weine in mein Herz: die Thräne fällt
In einen Krater, krustig ausgebrannt.
Der heisse Lavastrom der Liebe ward
Zu Stein.

Ich will die Tage nutzen. Kalt
Will deine Lüge ich einmeisseln ihm.

XI.

Reue.

Wie ist mein Herz mir schwer, welch eine Missethat
Hab' ich gethan!

Ich habe meine Liebe getödtet.
Tempelschänderisch hab' ich gewüthet wider mein Heilig-
thum.
Einer Mater Dolorosa schlug ich ins Gesicht.

Oh hartes Herz! Mit Thränen trieb ich Spott,
Und bange Blicke haben mich nicht weich gemacht.
Bin ich so bös?
Oh Mädchen mache du mich gut!
Bin ich so krank?
Oh Mädchen mache mich gesund!
Weisst du denn nicht, dass deine Worte mildes Wundöl
sind
Und deine Blicke lind wie wärmend Linnen?
Der Welten Frieden ruht auf deinem Mund,
In deinem Herzen blüht die Güte mir.
Senk mir ins Herz davon nur einen Trieb.
Oh Mädchen hab' mich lieb!
Und ich bin gut und bin gesund.

XII.

Weihnachtsfeier.

Berge und Wälder und Wiesen und See:
Schnee und Nebel, Nebel und Schnee;
Nieder der Himmel, farblos und fahl;
War er denn heiter und hoch einmal?
Hockende Krähen auf kahlem Geäst, —
Das ist des blutwarmen Lebens der Rest?

Siehe, die Sonne versinkt hinter'm See:
Broncegold thaut auf dem glitzernden Schnee,
Thaut und verfliesst in das flockige Weiss, —-
Rundum umstarrt mich lebloses Eis.
Dampfende Nebel umhüllen mich dicht,
Wehen wie Hasshauch mir nass ins Gesicht.
Stechen nicht Augen hervor aus dem Grau,
Augen der lieblosen alten Frau,
Die in der knochigen Hand zurück
Grausam mir hält mein bangsüsses Glück?

Nein doch und nein! Ein lieberes Licht
Lacht mir aus Nebelgrau hell ins Gesicht.
„G'rannt bin i schnell wie der Wind übern Schnee!"
— Mädel, oh du meine Weihnachtsfee!

Schmiegt sie sich an mich dicht und bang,
Wandern wir wortlos im Glockenklang,
Wandern durch Nebel und Nacht und Wind,
Weint an der Brust mir leise das Kind,
Weint, dass getrennt wir müssen, allein,
In der heiligen Weihenacht sein.
Küss' ich die Thränen ihr lind vom Gesicht:
Weine nicht, Mädel, geh, weine nicht!
Zündet heut Andern der Liebesmann
Flimmernde Christkindlkerzen an,
Hat er in unseren Herzen entfacht
Eine ewige Weihenacht.
Sind wir auch heute Abend getrennt,
Doch uns im Herzen ein Christbaum brennt.
Dir aus dem Auge ja lacht sein Schein,
Nein doch, du Meine, wir sind nicht allein.
Trag ich dein Herz ja in meiner Brust,
Du auch das meine tragen musst.

Froh mir ein hellwarmes Lächeln dankt,
Fest mich ihr rundvoller Arm umrankt,
Tief saugt ihr Blick sich in meinen ein:
„Nein, oh du Meiner, wir sind nicht allein."

Wandern zurück wir durch Nebel und Wind,
Lacht an der Seite mir selig das Kind.

XIII.

Schmied Schmerz.

Der Schmerz ist ein Schmied.
Sein Hammer ist hart;
Von fliegenden Flammen
Ist heiss sein Heerd;
Seinen Blasebalg bläht
Ein stossender Sturm
Von wilden Gewalten.
Er hämmert die Herzen
Und schweisst sie mit schweren
Und harten Hieben
Zu festem Gefüge.

Gut, gut schmiedet der Schmerz.

Kein Sturm zerstört,
Kein Frost zerfrisst,
Kein Rost zerreisst,
Was der Schmerz geschmiedet.

XIV.

Wo lauschen deine Thale?

Land des Friedens mit den rothen Herzflammfahnen der
Liebe,
Die wie Heerdrauch leise in lauen Winden wellen,
Gelobtes Land, o Kanaan meiner Seele,
Nach dem mein Sehnen seine Sucheaugen
Hinaus lässt leuchten in goldenen Glaubensblicken,
Grünes Friedensland:
Wo lauschen deine Thale?

In Sommersonne lachend liegen sie,
Die Vögel ziehen lautlos drüber hin,
Der Himmel ist von Seligkeiten tief;
Und du und ich,
Ein kleines Haus,
Ein Rosenbusch,
Ein Nelkenbeet,
Und du und ich,
Oh, du und ich . . . .
Und unsrer Herzen Liebe
Verflammt sich mild
Zur Sonne uns,
Die über unserm Hause steht,
Wie einst der goldene Winkestern
Ueber der Krippe in Nazareth.

XV.

Panorama der Zukunft.

Nun liegt die Zukunft vor mir da
In einem schönen Kreise,
Funiculi, funicula!
Erst kommt die Hochzeitsreise.

Vielleicht ins Land Italia,
Vielleicht auch nur bis Hamburg,
Funiculi, funicula!
Dann bau'n wir unsre Stammburg.

Wir nennen sie Gustinia
(Leicht wird das Wort der Zunge),
Funiculi, funicula!
Dann kommt der erste Junge.

Der gleicht aufs Haar der Frau Mama.
(Von mir hat er den Schädel).
Funiculi, funicula!
Dann kommt das erste Mädel.

Stolz heisst sie Anna Rustica
(Hans Detlev heisst der Bengel).
Funiculi, funicula!
Und alle zwei sind Engel.

Was liegt denn noch im Kreise da?
Sind das nicht Kassenzettel?
Funiculi, funicula!
Na her denn mit dem Bettel!

Das schöne Schloss Gustinia
Seh ich in Maiblust stehen,
Funiculi, funicula
Und seine Wimpel wehen

In Roth und Gold; von fern und nah
Kommt alles Volk in Haufen,
Funiculi, funicula!
Zur Liebesburg gelaufen.

Und wer die Liebschlossherrin sah,
Geht übersonnt zurücke,
Funiculi, funicula!
Ihn traf ein Strahl vom Glücke.

Und Kling und Klang und Gloria
Schallts in der ganzen Runden,
Funiculi, funicula!
Das Glück ist aufgefunden.